Schöne Bescherung!

Lukas 2, 1-9: Es begab sich aber zu der Zeit, dass ein Gebot von dem Kaiser Augustus ausging, dass alle Welt geschätzt würde. Und diese Schätzung war die allererste und geschah zur Zeit, da Quirinius Statthalter in Syrien war. Und jedermann ging, dass er sich schätzen ließe, ein jeder in seine Stadt. Da machte sich auf auch Josef aus Galiläa, aus der Stadt Nazareth, in das jüdische Land zur Stadt Davids, die da heißt Bethlehem, weil er aus dem Hause und Geschlechte Davids war, damit er sich schätzen ließe mit Maria, seinem vertrauten Weibe; die war schwanger. Und als sie dort waren, kam die Zeit, dass sie gebären sollte. Und sie gebar ihren ersten Sohn und wickelte ihn in Windeln und legte ihn in eine Krippe; denn sie hatten sonst keinen Raum in der Herberge. Und es waren Hirten in derselben Gegend auf dem Felde bei den Hürden, die hüteten des Nachts ihre Herde. Und der Engel des Herrn trat zu ihnen, und die Klarheit des Herrn leuchtete um sie; und sie fürchteten sich sehr.

Olaf Lahayne: Geboren und aufgewachsen in Niedersachsen, lebt der Autor seit 1997 in Wien, wo er als Wissenschaftler an der Technischen Universität tätig ist. Seit 2008 veröffentlichte er ein Sachbuch, Zeitungsartikel sowie ca. 80 Kurzgeschichten aus so ziemlich allen Genres in Anthologien und Zeitschriften. Die vorliegende Anthologie ist die fünfte Auswahl aus diesen Texten, die als E-Books veröffentlicht wurde. Zu den übrigen vier Bänden siehe die Hinweise am Schluss des Buches.

Olaf Lahayne

SCHÖNE BESCHERUNG!

12 weihnachtliche Erzählungen

Gesammelte Kurzgeschichten, Band V

Bibliografische Information der Deutschen Nationalbibliothek:
Die Deutsche Nationalbibliothek verzeichnet diese Publikation in der
Deutschen Nationalbibliografie; detaillierte bibliografische Daten
sind im Internet über http://dnb.dnb.de abrufbar.

© Text: Olaf Lahayne (lahayne@web.de)

© Cover: Ingo Diekhaus (Design), 123RF.com (Bildmaterial)

© Grafik S. 3: Cory Thoman (clipartsof.com)

Herstellung und Verlag: BoD – Books on Demand, Norderstedt

ISBN: 978-3-7481-8080-7

Inhaltsverzeichnis

O Tannenbaum ...

»Es war finster; es goss wie aus Kübeln, und meine Füße waren nass, kalt und glitschig wie zwei Aale in der Aller – zwei tote Aale, dem Geruch nach zu schließen. Wieder einmal fragte ich mich, was ich da draußen tat, versteckt zwischen den Bäumen, geschützt nur von meinem zerknautschen Regenmantel und meiner treuen Schrotflinte. Zeit für einen neuen Job, dachte ich mir, ein Job, wo du warm und trocken im Büro sitzt, wo du zu dieser Zeit höchstens raus gehst, um auf dem Weihnachtmarkt in der Altstadt Glühwein zu schlürfen und-«

Teils amüsiert, teils irritiert lauschten die Beamten der Polizeiinspektion Celle diesem Monolog; endlich aber unterbricht jemand den Erzähler: »Ja, danke, Herr Marlowsky; schon klar, was Sie meinen. Könnten Sie bitte zur Sache kommen?«

Der Erzähler blickt die Polizistin einen Moment wortlos an. Auf den zweiten Ermittler wirkt der Mann nun noch verschnupfter als vorher, und das nicht nur, weil schon wieder ein unübersehbarer Rotz-Tropfen an dessen Nasenspitze baumelt. Daher beeilt sich der Beamte mit einem Hinweis; schließlich läuft die Einvernahme seit über einer Stunde: »Was Frau Kommissar Jäger meint: Würden Sie bitte berichten, wie der mutmaßliche Diebstahl ablief?«

»Danke; Herr Polizeimeister Thaer! Ich-«

Schon die formelle Ansprache verrät dem dienstjüngeren Ermittler, dass seine Vorgesetzte diese Hilfestellung gar nicht goutiert. Der Erzähler freilich ist derart aufgebracht, dass er die Beamtin lautstark unterbricht: »Der *mutmaßliche* Diebstahl!? Hör mal, du Jungspund: Vor drei Tagen, da hatte ich noch über tausend Weihnachtsbäume in meinen Lagern. Über Tausend; alles edle Nordmann-Tannen! Und vorgestern früh, da wache ich auf, und alle sind weg. Alle! Meint ihr, die haben Beine bekommen und sind raus spaziert, um sich ein trockenes Plätzchen zu suchen? Mutmaßlicher Diebstahl; von wegen: Der da hat sie geklaut, dieser Christbaum-Mafioso; das ist so sicher wie das Amen in der Kirche!«

Die vierte Person am Tisch sieht sich um, als würde sein Gegenüber auf eine Person hinter seinem Rücken deuten. Da er dort aber niemanden entdeckt, nimmt er sodann die Sonnenbrille ab, um seinen Ankläger mit einer Mischung aus Überraschung, gekränkter Ehre und Amüsement anzublicken:»Ma, signori, non capito! Ho-«

»Auf Deutsch, bitte! Ihnen ist doch klar, was man Ihnen vorwirft, Herr Pellegrino?«

»Si, Commissaria; scusi! Habe nur ... Wie sagt man? Ohne die Worte?«

»Sie sind sprachlos?«

»Esattamente! Die Vorwurf von Herr ... Diebstahl, ich? Warum? Habe genug Christbaum; warum stehlen? Lager ist voll; viele gute Baum; viel Attività diese Tage ...«

So gelassen sich der Beschuldigte gibt, so erregt ist sein Ankläger:»Glaub ich dir gern, du Gauner: Aktiv darin, uns ehrliche Händler zu beklauen. So machst du's seit Jahren, und dann verscherbelst du die Bäume zu Dumping-Preisen. Aber nicht mit mir; nicht dieses Jahr! Ich werde-«

»Commissaria, per favore: Mit was Recht-«

»Meine Herren; das bringt uns doch nicht weiter! Wenn wir also mit der Darstellung des Sachverhaltes fortfahren könnten, Herr Marlowsky? Nur die relevanten Fakten, wenn's geht.«

Der derart Ermahnte atmet mehrmals tief durch, und sobald sein Blutdruck wieder ein wenig gesunken ist, fährt er in seinem Bericht dort.

***

»Sag, Erich, ist das wirklich nötig? Wenn ich das gewusst hätte ... Ich glaube, mein Stiefel ist leck; ich krieg nasse Füße!«

Der Mann hob seinen linken Fuß, wobei er sich gegen den Stamm der Tanne hinter ihm lehnte; dann zog er seinen Gummistiefel aus. Dank Körperfülle, Alter und Dunkelheit zog sich diese Aktion arg in die Länge; erst nach mehreren Minuten hörte man es plätschern, als er das Wasser aus dem Stiefel goss. Dieses Geräusch ging fast unter im penetranten Plattern des Regens; dennoch zischte darauf jemand unter der benachbarten Nordmanntanne hervor: »Verflucht; nicht so laut!«

»Aber das Wasser ...«

»Na und? Mehr als zwanzig, dreißig Zentimeter steigt das nicht. Und nasse Füße, die habe ich seit zwei Stunden. Still jetzt; sonst traut sich das Wild nicht raus: Solltest du als alter Waidmann wissen!«

»Wild? Mensch, Erich: Wir reden hier von Menschen! Ist das wirklich nötig?«

»Wie viele Jahre sind's jetzt, die du für uns arbeitest, Hans?«

»Mal sehen ... Acht Jahre für den alten Marlowsky – deinen Vater, meine ich – und jetzt 16 Jahre für dich. Wieso?«

»Wenn du nächstes Jahr dein Jubiläum in unserem Betrieb feiern willst, dann passt du heut besser auf! Letztes Jahr, da haben diese Kerle fünf von unseren Lagern geplündert. Fünf; völlig kahl gefegt! Wir haben echt ordentlich Miese gemacht in dem Jahr, und wenn das dieses Mal wieder passiert ... Dann ist's Sense; dann können wir dicht machen! Und da die Polizei uns nicht helfen mag ... Oder willst du nächstes Jahr den Baum für deine Enkel bei Pellegrino kaufen, diesem Mafioso? Anstatt ihn gratis von mir zu kriegen, wie alle Kollegen?«

Hans wurde daraufhin noch kleinlauter: »Nein, Chef. Aber das mit der alten Flinte ... Mir ist nicht wohl dabei!«

»Warum? Ich hab' den Jagdschein! Und dass mir hier und jetzt wer aus Versehen vor den Lauf läuft ...«

Er musste den Satz nicht beenden: Seit Stunden wurde man von unten und oben befeuchtet. Anfangs schützten noch die bis zu fünf Meter hohen Nordmanntannen, unter welchen man auf der Lauer lag; bald aber waren auch diese komplett durchnässt.

Hans versuchte es mit Humor zu nehmen: »Na, wenn die Bäume im Wasser stehen, halten sie wenigstens länger. Sag, hast du etwa das Großlager extra hier auf den Damaschwiesen gemacht, weil du wusstest, dass die Aller wieder über die Ufer-«

»Still!«, zischte Erich nun. »Da, hörst du das?«

»Schritte ..«, wisperte Hans zurück. »Schritte im Wasser; zwei Personen, glaub ich.«

Mit leisem Knacken wurde die Flinte entsichert; dann trat ein breiter, schwarzer Schemen unter der Tanne hervor, und als sich dieser leicht plätschernd auf das andere Plätschern zubewegte, folgte ihm Hans. Einige Bäume weiter kam des Baumlagers Eingang in Sicht. Dieser empfing eine bescheidene Beleuchtung von der nächstgelegenen Allerbrücke her; somit konnten die Männer zwei Schemen erspähen: Diese machten sich offenbar an dem Vorhänge-Schloss zu schaffen, das die einzige Tür in dem drei Meter hohen, engmaschigen Stahlgatter versperrte – beziehungsweise versperrt hatte: Denn schon nach ein, zwei Minuten hörte man die massive Kette durch das Gatter scheppern; gleich darauf öffnete sich die Tür mit einem unwilligen Quietschen.

»Nur zwei?«, wisperte Hans in die Richtung, in welcher er Erichs Ohr vermutete. »Und so klein ... Die kriegen ja kaum *einen* Baum hoch!«

»Klappe: Ich will sie auf frischer Tat haben!«

Er und Hans zuckten zurück, als gleich darauf eine Taschenlampe angeknipst ward. Deren Lichtkegel schwenkte aber nur flüchtig über das Lager; dann verharrte er gleich neben der Tür auf einer kaum meterhohen Tanne. Sobald der weniger kleine Schemen das Bäumchen angehoben hatte, watete Erich zwei, drei Schritte nach vorne, schaltete mit der Linken seine Lampe an und schwenkte mit der Rechten die Flinte:»Hab ich euch, ihr verfluchten italienischen- Was ...«

Hier verstummte er, denn was er sah, entsprach so gar nicht seiner Erwartung: Das Bäumchen ruhte in den Armen eines rundlichen, bekopftuchten Mütterchens, und an deren durchnässten Rockzipfel hing ein sechs-, siebenjähriges Mädchen, dem das Wasser übers Gesicht und durch die strohblonden Strähnen lief.

»Bittä, Herrrr, nicht schießen!«, bettelte nach mehreren Schrecksekunden das Mütterchen mit breitem, slawischem Akzent.»Will nicht ... Will nur ...«

»Meine Christbäume willst du klauen, du ..«, erwiderte Erich, doch hatte er merklich Mühe, ein angemessenes Ausmaß an Ärger zu zeigen.»Wer seid denn ihr?«

»Ich glaube nicht, dass das Italiener sind.«

Hans' Bemerkung erlaubte es Erich, seinen Blutdruck erneut um einige Punkte steigen zu lassen:»Das seh' ich auch, du Genie; aber zum Klauen kommen die trotzdem! Stimmt's, Babuschka?«

Letzteres richtete sich wieder an die mutmaßliche Diebin; diese hielt immer noch das Bäumchen umklammert:»Bittä, Herrrr ... Habe nicht Geld für Baum; nur für Maschenka, für einzige Enkelin ...«

Damit blickte sie auf das Mädchen. Dieses versteckte sich hinter der Alten und fixierte von dort aus mit großen, feuchten Augen die zwei Männer. Einige Augen-Blicke zögerte Erich noch; dann senkte er knurrend die Flinte:»Du liebe Zeit ... Haut bloß ab hier, und nehmt das Teil da mit; das werden wir eh nicht los! Sonst verscheucht ihr noch-«

Sofort reichte das Mütterchen das Bäumchen an das Mädchen weiter; dann stürmte sie mit ausgebreiteten Armen auf den edlen Spender zu:»Dankä, dankä, Herrrrr: Viele Tausend Dank! Ist für Maschenka erstes Fest mit echte Baum, seit-«

»Schon gut; vergiss es! He, nicht umarmen- oh Mann ...«

»Dankä, dankä! Herrrren müssen trrrinken Vvodka zu Dank; ist alles, was ich habe: Ist kalt in Nacht.«

Und ehe sich die beiden Männer dagegen verwahren konnten, hatte die Frau schon von sonstwoher ein Fläschchen gezückt und drei Stumpen gefüllt.

»Na, was soll's«, meinte Erich halb resignierend, halb amüsiert. »Bei dem Wetter ... Aber nur ein Glas; dann macht ihr gefälligst die Fliege!«

»Ja, Herrrr; soforrrt! Bitte, bitte; trrrinken: Sa sdarowje«

»Prösterchen!«, erwiderte Erich, nachdem er und Hans ihr Gläschen entgegengenommen hatten. Alle drei leeren ihre Gläser in einem Zug, und anschließend seufzen sie ebenso synchron auf: »Oh ja; das brauchte ich jetzt!«

Die Frau zwinkerte Hans fröhlich zu: »Ist Rezept von Familie: Sehrrr speziell; werrrrden sehen!«

Ihr schrilles Kichern vermengte sich mit einem lauten Klatschen. Hans begriff gerade noch, dass da eben sein Chef umgekippt war; dann ward auch ihm schwarz vor Augen.

***

»Und dann?«

Der Christbaumhändler blickt die Kommissarin an, als sei diese irgendwie minderbemittelt: »Wie, und dann? Am Morgen, da wachten wir auf, fast ersoffen und halb erfroren, und die einzigen Bäume, die noch im Lager waren, auf denen lagen wir. Sonst alles weg, ratzekahl, vom 5-Meter-Riesen bis zum letzten Tannenzweig. Dieses saubere Pärchen, das sollte gucken, ob die Bahn frei ist – oder sie frei machen.«

»Für wen?«

»Na, für wen schon? Für ihn da, diesen Mafioso!«

Wieder bleibt der vierte Mann am Tisch ganz gelassen: »Signori, per favore: Habe ich Pflicht, zu hören diese Sache? Bin ehrliche Imprenditore.«

»Warte nur, du; ich-«

Nun schaltet sich der Polizeimeister wieder in die Diskussion ein: »Gibt es irgendein Indiz für eine Verbindung zwischen jener Frau und Herrn Pellegrino?«

Wenn möglich, steigert dies den Blutdruck des Diebstahlopfers noch weiter: »Indiz!? Glaubst du, die gab mir ihre Visitenkarte? Wer sonst sollte derart dummdreist sein, dass er ein altes Mütterchen mit falschem Akzent vorschickt: Derart dummdreist und feige zugleich?«

Der Italiener seufzt darauf mitleidig, und die Kommissarin blickt gequält drein: »Tja, unsere Kollegen haben den Tatort natürlich gründlich untersucht, aber bei dem Wetter … Herr Thaer?«

Der Polizeimeister zückt nun einen ziemlich dünnen Akt: »Na ja, wir konnte Spuren eines LKWs am Wiesenrand feststellen. Da es aber die ganze Nacht über geregnet hat … Die Spur verliert sich auf der Wittinger Straße. Fingerabdrücke fanden wir nur auf dem Schloss; die waren aber auch arg verwaschen. Zeugen konnten wir keine finden; nur einige Anwohner haben nachts Motorengeräusche gehört. Das war's, fürchte ich.«

»Das war's!? Das ist alles? Und für so was, da zahlen wir Steuern? Mann; macht euch gefälligst auf die Suche nach meinen Bäumen!«

Jetzt beginnt auch die Kommissarin die Geduld zu verlieren: »Was schlagen Sie vor, Herr Marlowsky? Sollen wir nach … nach Weihnachtsbäumen fahnden?«

Sein Kollege blättert mit kaum verhohlener Ratlosigkeit im Ermittlungsakt: »Zudem ist das jetzt drei Tage her; übermorgen ist Heiliger Abend … Die meisten von den Bäumen dürften längst verkauft sein.«

»Selbst *wenn* wir von Haus zu Haus gehen«, ergänzt dies seine Vorgesetzte. »Wie sollen wir ihre Bäume erkennen? Tanne bleibt Tanne; das muss Ihnen doch klar-«

Triumphierend streckt der Händler seinen rechten Zeigefinger in die Höhe: »Eben nicht!«

»Wie bitte?«

»Eben nicht! Da ich so was ahnte, habe ich vorgesorgt: Dieses Jahr, da haben wir nur Bäume aus spezieller Zucht verkauft: Bäume mit zwei Spitzen! Alle meine Nordmann-Tannen können sie daran erkennen, dass sie oben zwei Spitzen in V-Form haben: Alle, verflucht!«

Den Ermittlern fehlen vorerst die Worte; so setzt der Italiener seine Sonnenbrille auf, um seinen Ankläger möglichst cool mustern zu können: »Zwei Spitzen? Che bellezza; mi fa un baffo! Gibt oft bei Tanne.«

»Von wegen, du Schmalspur-Mafioso; so was, das gibt's nur bei meinen Tannen: Seht euch um!«

»Können Sie das beweisen, Herr Marlowsky?«

Wieder mustert der Händler die Kommissarin arg verdattert: »Glaubt ihr, ich denk mir so was aus? Beweisen? Wie denn?«

»Es wäre hilfreich, wenn Sie Fotos hätten«, erklärt der Polizeimeister. »Noch besser: Gutachten, eidesstattliche Erklärungen der Züchter oder ähnliches.«

»Eidesstattliche- Verflucht; hier geht es um Christbäume, nicht um ein verdammtes AKW! Wisst ihr was: Vergesst es; vergesst es einfach. Frohes Fest noch!«

Und ehe die beiden Polizisten ihn stoppen können, eilt er hinaus.

***

»Ich dachte schon, ich würde meine erste Weihnachtsfeier hier verpassen. Was für eine Geschichte ...«

Polizeimeister Thaer schüttelt schmunzelnd den Kopf, ehe er an seinem Glas nippt; gleichzeitig bedient sich auch seine Vorgesetzte aus der spülbeckengroßen Bowle-Schüssel. Während sie dann ihren ersten Durst löscht, inspiziert sie den Raum: In einer Ecke hat man drei Tische zusammengeschoben, auf dem neben der Schüssel auch allerlei andere Getränke stehen. In der zweiten Ecke wartet das Buffet; in der dritten probt die Polizei-Band, und in der vierten schmücken zwei Kolleginnen eine Nordmann-Tanne in Nowitzki-Größe. Gut zwei Dutzend Polizisten in Zivil und Uniform sind schon anwesend, und alle paar Minuten trudeln weitere Teilnehmer ein.

»Protokoll ist aufgenommen; der Rest hat Zeit«, befindet die Kommissarin schließlich. »Hoffe, die Kollegen haben unten jetzt eine ruhige Schicht. Letztes Jahr war ich dran; da gab's nur das Übliche: Prügeleien; Ruhestörungen, brennende Bäume und so ... Weihnachten halt.«

»Ist die Feier immer hier im Haupt-Besprechungsraum?«

»Bis vor drei Jahren waren wir im Sitzungszimmer vom Chef«, erklärte die Kommissarin nach einem weiteren Schluck, und nun schmunzelt auch sie. »Dann gab's ein Malheur mit dem Rotwein und dem guten Perser vom Chef ... Na, hier ist eh mehr Platz, und- he, Vorsicht! 30 Prozent aller Unfälle passieren bei so was; das wisst ihr doch!«

Damit eilt sie ihrer Kollegin zu Hilfe. Diese wäre beim Versuch, die obersten Äste des Baumes zu schmücken, fast mit der Leiter umgestürzt; mit Müh und Not können die Kommissarin und der Polizeimeister dies verhindern. Während letzterer die Steighilfe fixiert, hilft seine Vorgesetzte der leicht zitternden Kollegin dabei, wieder festen Boden unter den Füßen zu bekommen: »Lass mich das machen, Bärbel!«

Diese reicht folgsam zwei Weihnachtsengel an die fast einen Kopf größere Kommissarin weiter. Während dann ihr Kollege die Leiter von der anderen Seite her stützt, streckt sich seine Chefin von der obersten Stufe aus weit vor; so kann sie die zwei Figuren auf ihren Posten stationieren. Der eine ›Engel‹ ist in Grün-Beige gehalten, und die liebevoll gebastelte Mütze verrät, dass ihm die alte Polizei-Uniform auf den Holz-Leib geschneidert wurde; sein Kollege trägt bereits die neue, blaue Gewandung. Letzterer wird auf die rechte der beiden Tannenspitzen gesetzt, erstere auf die linke, die mit der anderen Spitze einen 45-Grad-Winkel bildet. »Passt! Also, einen so schönen Baum hatten wir noch nie! Wäre doch echt schade drum gewesen ...«

***

Zur gleichen Zeit betrachten auch Erich und Hans eine Tanne mit fast identischer Spitze. Noch immer schüttet es; somit schlittern nur wenige Flaneure über das Kopfsteinpflaster des Großen Plans an den Ständen des Celler Weihnachtsmarktes entlang. In den Buden ist dafür umso mehr los, speziell dort, wo Gebläse, Grill und Glühwein für wohlige Wärme sorgen. Die zwei Christbaum-Verkäufer konnten gerade noch einen Platz am Rand einer Bude ergattern; während zwei randvolle Glühwein-Becher auf dem Tisch zwischen ihnen dampfen, können sie durch den Regen-Vorgang das Angebot des Standes gegenüber in Augenschein nehmen: Dort werden Lichterketten verkauft, und eine jener bordellmäßig bunt blinkenden Ketten umschlingt eine besonders prächtige Nordmanntanne; selbst ihre zwei Spitzen, die ein *Victory*-Zeichen zu bilden scheinen, wurden mit je einer grünblau blinkenden Birne behübscht.

Hans entgeht nicht, dass seinem Chef dies nicht entgeht; dennoch bleiben beide vorerst stumm. Schließlich bricht der Angestellte das Schweigen: »Wirklich, Chef, ich muss mich wundern: Dass du das so gelassen nimmst ... So wie du's erzählt hast, reißen sich die Bullen nicht gerade ein Bein aus.«

Erich zuckt mit den Schultern: »Habe ich kaum anders erwartet; ganz wie im Vorjahr. Nun ja; weg ist weg ...«

Diese Reaktion ermutigt Hans, weiter nachzufragen: »Die wollten Beweise für jenes Merkmal der Bäume? Hätten wir so was denn haben können? Ich glaube ... Aus *unserer* Zucht waren die Bäume ja nicht. Stimmt doch, oder? Das waren damals ja auch nicht die üblichen Fahrer aus Dänemark, die die Bäume brachten; ich hab mich schon gewundert. Stattdessen ein Dutzend Übersee-Container ...«

Sein Chef leert seinen Becher mit einem tiefen Zug und stellt ihn zu sechs anderen leeren Bechern auf dem Tisch. Nach einem herzhaften Rülpser grinst er dann seinen Angestellten schief an: »Weißt was, Hans? Kann sein, dass mir dieser Mafioso sogar einen Gefallen tat. Fort mit Schaden ...«

»Einen Gefallen? Was meinst du?«

»Na, nach dem Desaster im letzten Jahr, da war unsere Kapitaldecke recht dünn – verflucht dünn! Da konnt' ich mir die teuren, dänischen Bäume nicht mehr leisten; stattdessen nahm ich ein anderes Angebot an. Die Bäume da kommen alle aus den Abukuma-Bergen; die wollten sie dort unbedingt loswerden. Unbedingt, wenn du verstehst, was ich meine. Ob du's glaubst oder nicht, Hans: Sie haben den ganzen Transport bezahlt und sogar noch was oben drauf gelegt! Ich hab' nicht mal Miese gemacht bei der ganzen Sache. Gewinn auch nicht; echt ein Jammer ...«

»Abu- Was? Wo ist das denn?«

Sein Chef grinst böse: »Japan; Provinz Fukushima ...«

***

»Also dann: Licht aus!«

Auf das Kommando ihres Chefs hin knipst die Kommissarin das Deckenlicht im Besprechungsraum aus. Einen Augenblick ist es stockfinster. Dann erstrahlen Dutzende Kerzen am Dienst-

Weihnachtsbaum der Celler Polizei, begrüßt vom »Ah!« und »Oh!« aus mehreren Dutzend Kehlen.

Wenig später stehen Kommissarin Jäger und Polizeimeister Thaer spekulatiusknabbernd vor dem Baum. Einige Zeit betrachten sie ihn fast andächtig; dann blickt die Frau zu ihrem Kollegen rüber: »Ist was? Stimmt was nicht?«

»Ach nein«, meint der Mann mit einer wegwerfenden Geste. »Ich dachte nur ...«

»Was?«

»Als es vorhin für einen Moment finster war ... Ich stand genau hier, und ich dachte, ich sehe den Baum schon leuchten. Den ganzen Baum, meine ich, mit einem schwach grünlichen Schimmer.«

»Eine optische Täuschung«, erklärt dies die Kommissarin. »Hast vorher wohl zu lange auf den Baum gestarrt?«

»War wohl so.«

Der Polizist zuckt mit den Schultern, ehe er ein, zwei Schritt von dem Baum zurück tritt und einige Liedzeilen murmelt: »Du strahlst nicht nur zur Sommerszeit, nein, auch im Winter, wenn es schneit ...«

Die Sanduhr

Heiligabend.

Was genau an diesem Abend soll eigentlich so heilig sein?, stöhnt Johanna, als sie mit knapper Not einigen der Geschenke ausweicht, die seit Wochen das elterliche Schlafzimmer nach und nach in einen Hindernis-Parcours verwandelt haben. Im Geiste geht sie zum x-ten Mal ihre To-Do-Liste durch: Die letzten Geschenke für die Kinder verpacken. Die Gans, das Rotkraut und die Erdäpfelknödel zubereiten. Tisch decken. Dafür sorgen, dass alle ein wunderbares Weihnachtsfest erleben. Wie immer. Die Johanna, die macht das schon; was für eine wunderbare Gastgeberin! Stets freundlich, stets gut gelaunt – ganz die perfekte Ehefrau und Mutter.

Den ganzen Vormittag ist sie schon allein in ihrem Häuschen am Stadtrand von Wien, das Robert seinerzeit ausgesucht hatte. Sie erinnert sich noch genau an seine Worte, sieben Jahre müsste das jetzt her sein: »Jetzt, wo du schwanger bist, da brauchen wir etwas Größeres.«

Sie hat zugestimmt. Vielleicht hat sie in letzter Zeit etwas zu oft ›ja‹ gesagt. Ja, geh nur vormittags mit den Kindern auf den Christkindlmarkt; ich schaffe das hier schon allein. Ja, laden wir doch Oma Gertrude und Opa Josef an Weihnachten zu uns ein. Klar kann dein Bruder Martin auch kommen. Martin, der sich hier jedes Jahr einnistet, keine Geschenke für die Kinder dabei hat und alle durch sein Raunzen und seine Launen nervt. Sie fröstelt bei dem Gedanken an ihren Schwager …

Das Gänsehaut-Gefühl verstärkt sich noch, wie sie aus dem Fenster auf die Straße hinaus blickt: Schon seit Tagen hat sich die Sonne nicht mehr blicken lassen; stattdessen geht ein nasskalter Schauer nieder, kaum dass man aus dem Haus tritt; typisches Wiener Winterwetter also. Zwar verspricht der Wetterbericht seit

Tagen einen Kälteeinbruch, aber daran mag Johanna nicht so recht glauben.

Das laute Schrillen der Türglocke holt sie abrupt in die Gegenwart zurück. Ausgeschlossen, dass es schon die Familie ist. Oder ist auch ihnen das Wetter schlichtweg zu schiach?

Hierher, an die Peripherie der Großstadt, verirrt sich doch sonst eigentlich kaum wer – schon gar nicht an Heiligabend, seufzt Johanna und öffnet langsam die Tür.

»Wir kaufen nichts!«, blafft sie den auffallend adretten jungen Mann im altmodisch-aschgrauen Anzug an, der sie seinerseits mit einem holden Lächeln bedenkt. »Oder sind Sie von den Zeugen Jehovas? Den Mormonen?«

»Weder, noch«, erwidert der Mann, während er seinen Regenschirm zuklappt und gegen die Stütze des Vordaches lehnt. »Und ich will auch nichts verkaufen. Ich will etwas verschenken, gnädige Frau.«

›Spendenkeiler!‹, denkt Johanna, fragt aber trotzdem nach: »Und was?«

»Zeit.«

Damit knöpft der Mann seinen Wintermantel halb auf und entnimmt der Innentasche ein mittelfingerlanges Objekt, das Johanna auf Anhieb zu erkennen glaubt: »Eine Eieruhr!? Passt doch eher zu Ostern, oder?«

Der junge Mann lächelt nachsichtig: »Drehen Sie diese Sanduhr um, bevor Sie einschlafen – und wenn Sie aufwachen, ist es 24 Stunden später. So überspringen Sie einen Tag.«

Es fällt Johanna nicht schwer, ungläubig drein zu blicken: »Egal welchen Tag?«

»Völlig egal. Allerdings funktioniert es nur einmal.«

»Und es kostet nichts?«

»Wie ich sagte: Es ist ein Geschenk.«

»Ich habe nichts zu unterschreiben?«

»Gar nichts.«

Vermutlich eine PR-Aktion eines Uhrenherstellers, denkt sich Johanna. »Na schön; geben Sie her!«

Der junge Mann übergibt Johanna das Objekt; dann verabschiedet er sich mit der Andeutung einer Verbeugung: »Ein frohes Fest – und auf Wiedersehen!«

»Wiederschauen!«, murmelt Johanna, während sie bereits die Tür zuwirft. Dann kehrt sie zurück ins Wohnzimmer. »Besser, ich lege noch ein paar Minuten die Beine hoch, ehe Josef und Gertrude meinen Lieblings-Sessel in Beschlag nehmen! Wird noch ein langer Tag heute ...«

Damit lässt sie sich in den Ohrensessel fallen – ein Erbstück ihrer Großmutter –, streckt die Beine aus und wirft einen genaueren Blick auf die Sanduhr. Als einzige Aufschrift findet sie eine kaum erkennbare Gravur auf der Unterseite der Halterung: »Coppelius & Cie. ... Nie gehört!«

Dann dreht sie die Uhr um und stellt sie auf die Sessellehne: »Nur fünf Minuten ...«

Sie verfolgt, wie der silbrige, staubfeine Sand in die untere Hälfte der Sanduhr zu rieseln beginnt, und innerhalb einer Minute fallen ihr die Augen zu.

Christtag.

Die Türklingel lässt Johanna hochschnellen. »Jetzt bin ich doch ... Wie spät ist das?«

Als sie auf die Sanduhr blickt, rieseln gerade die letzten Körner nach unten, und ein Blick auf die Wanduhr im Vorübereilen beruhigt die Frau endgültig: »Kaum fünf Minuten ... Kam mir länger vor. Bin ja schon da!«

Letzterer Ausruf gilt bereits der Haustür – beziehungsweise ihren Schwiegereltern, die sie dahinter vermutet. Als sie die Tür öffnet, stehen tatsächlich Oma Gertrude und Opa Josef davor – aber ebenso Robert, ihre Kinder Marvin und Manuela – und sogar ihr Schwager Martin. »Wo kommt ihr denn jetzt alle ... Was ist denn hier passiert!?«

Ein Blick auf die weißgepuderten Wintersachen ihrer Familie lässt Johanna an ihren Sinnen zweifeln: Denn draußen flockt es fleißig, und eine weiße, weiche Masse bedeckt flächendeckend die blätterlosen Büsche und die blütenlosen Beete des Vorgartens. »He, tragt mir nicht den ganzen Schnee ins Haus!«

Die ersten Wasserflecke auf dem Linoleum des Flurs machen Johanna endgültig klar, dass sie nicht träumt. »Und die Schlitten kommen mir auch nicht ins- Wo kommen die eigentlich her? Wem gehören die?«

Manuela, die gerade vor ihrer Mutter steht, blickt zuerst etwas verdutzt auf den Holzschlitten, den sie trägt, und dann auf ihre Mutter: »Aber Mama ... Die hat uns doch Onkel Martin geschenkt. Gestern, bei der Bescherung!«

»Trotzdem; bringt sie in den Keller, damit- Gestern? Was ist denn dann heute?«

»Bei uns in Bayern nennen's das Christtag«, antwortet Josef lächelnd, da Manuela bereits auf dem Weg in den Keller ist. »Bin nicht sicher, ob das noch politisch korrekt ist ... 25. Dezember jedenfalls.«

Während Gertrude ihren sichtlich abgekämpften, aber strahlenden Enkel ins Haus trägt, nimmt Robert seine Frau in den Arm: »Apropos Christtag: Wie war's in der Kirche? Ich hoffe, niemand hat uns vermisst? Aber wo's die ganze Nacht geschneit hat ... Ist herrlich kitschig draußen; der Donaupark ist teils schon knietief zugeschneit. Heute früh waren wir die ersten auf dem Rodelhang; später kamen freilich noch Dutzende Eltern mit ihren Kids. Aber du und ich, wir müssen heute unbedingt auch noch mal raus.«

»Wir können ja zu Fuß zum Restaurant gehen«, schlägt nun Martin vor, nachdem er seinen Mantel an der Garderobe aufgehängt hat. »Sind höchstens zwei Kilometer. Oder wir machen noch einen Abstecher in den Wienerwald.«

Johanna starrt ihren Schwager an, als habe der gerade vorgeschlagen, einen Ausflug zum Nordpol zu machen: »Restaurant ... Wieso Restaurant?«

»Na das, in das ich euch gestern für heute Abend eingeladen habe. Ich zweifle, dass sie mit deiner Küche von gestern mithalten können, aber, wir werden sehen: Meine neue Chefin meinte, der Laden sei echt gut; daher habe ich schon vor Wochen gebucht.«

»Deine neue ...«

Allmählich dämmert es Johanna: Sie weiß noch genau, wie Martin sich vorige Weihnachten bei jeder passenden – oder auch unpassenden – Gelegenheit über seinen Job und seinen damaligen Chef beklagt hat. Zugleich erinnert sie sich an das, was jener junge Mann über jene Sanduhr gesagt hat – vorhin, oder eher schon am Vortag.

Am Abend verabschieden sich Johanna, Robert, Martin und Gertrude von den Kindern und Josef; letzterem hat der Arzt von abendlichen Völlereien abgeraten, und er hütet ohnehin lieber die Enkel. So spazieren die anderen vier durch die Winternacht, die zwar winterlich ist, aber selbst für Wiener Verhältnisse dank der geschlossenen Schneedecke ungewöhnlich licht. Am Restaurant kommt man gerade mit dem nötigen Appetit an, und nach dem Essen meint Johanna nur: »Keine Ahnung, wie viele Sterne der Laden hier hat; aber von mir bekommen sie noch einen Weihnachtsstern extra.«

Ihr Schwager lächelt dazu nur, und nicht zum ersten Mal an diesem Christtag denkt sich Johanna: Warum um alles in der Welt musste ich gerade diesen Heiligabend verpassen!?

Stefanitag.

Als passionierte Frühaufsteherin ist Johanna am nächsten Morgen wieder mal als erste wach und angezogen; so zehenspitzt sie die Treppe hinab, um sich in der Küche einen ersten Schnellkaffee zu machen. Fast wäre ihr die Tasse auf die Fliesen gekracht, als jemand ans Küchenfenster pocht. Dann aber erkennt sie das Gesicht, das da unter einer Zipfelmütze und über das Fensterbrett weg in ihre Küche linst:»Sie? Was-«

Sie eilt zur Haustür, und als sie diese öffnet, steht da auch schon wieder jener adrette junge Mann vor der Tür. Höflich nimmt er seine Mütze ab, wischt die gröbsten Schneeflocken vom Mantel und zieht die Handschuhe aus, ehe er die Frau begrüßt:»Guten Morgen! Ich hoffe, Sie hatten ein angenehmes Fest?«

»Das beste Weihnachtsfest seit meiner Kindheit«, antwortet Johanna spontan und ehrlich.»Bis auf ... Aber das ahnen Sie vermutlich eh?«

Tatsächlich lächelt der Mann wissend:»Lassen Sie mich raten: Sie haben einen Teil des Festes ... Sagen wir, Sie haben es verschlafen?«

»Den Heiligabend!«, ruft Johanna aus, ehe sie sich darauf besinnt, dass einen Stock höher ihre Familie schlummert.»Und ausgerechnet heuer! Warum haben Sie mir diese dumme Eieruhr nicht schon vor Jahren gebracht?«

Als Antwort knüpft der junge Mann seinen Mantel auf, greift wieder in die Innentasche und holt etwas hervor, was der Frau sehr bekannt erscheint:»Noch so eine Uhr? Jetzt doch für Ostern, oder was?«

Dann aber hält der Mann das Objekt hoch und dreht es um. So sieht die Frau, dass der untere Glaskolben fast voll ist; nun aber beginnt der Sand, in die obere Hälfte hinauf zu rieseln:»Diese Uhr funktioniert ebenso wie die andere – nur umgekehrt. Und wenn Sie genau hinschauen, werden Sie erkennen, dass sie doppelt so groß ist.«

Darauf dreht er die Uhr wieder um, und die wenigen Körner aus dem unteren Teil rieseln zurück nach oben. Johanna versteht: »Das heißt ... die bringt mich diesmal zwei Tage zurück? Vom 26. zum 24. Dezember, zum Heiligabend?«

»Genau das. Selbstverständlich werden Sie sich nicht an gestern erinnern.«

»Umso besser; ich lasse mich gern überraschen. Hm ... Und wo ist der Haken?«

Fürs erste steckt der Mann mit einem verständnisheischenden Lächeln die Uhr wieder in die Tasche: »Nun ... Diese Uhr ist kein Geschenk mehr.«

Johanna hat es geahnt, und eher wider Willen muss auch sie nun lächeln: »Ich hätt's wissen sollen: Weihnachten ist vorbei; die Zeit fürs Umtauschen und Reklamieren kommt.«

Eisfischer

Als Andreas aus dem Wald hervor tritt, bleibt er zuerst einige Augen-Blicke stehen: Erstens, damit sich seine Pupillen an die blendende Helle adaptieren können, zweitens, weil ihn das Panorama irritiert. Dann schirmt er die Augen mit der Hand gegen die sich halbherzig erhebende Sonne ab, um blinzelnd die Umgebung zu inspizieren. Wo er auf den ersten Blick nur eine verschneite Ebene entdeckt hat anstelle des erwarteten Sees, da begreift er auf den zweiten Blick, dass die Eisdecke des Gewässers nun vollständig mit Schnee bedeckt ist, ebenso wie die umgebenden Hügel, Wiesen und Wälder. Auf den dritten Blick bemerkt er, dass doch nicht die ganze Fläche zugefroren und verschneit ist:»Nanu? Bin ich nicht der erste?«

Eine Weile blinzelt der Mann weiter gegen die Wintermorgensonne an:»Ist das ein Eisbär? Aber nein; nicht in der Telemark.«

So hebt Andreas die Tasche mit seinen Angel-Utensilien wieder an und betritt vorsichtig die Eisfläche. Dank der Neuschneedecke ist die Rutschgefahr jedoch gering, und das dezentdumpfe Grummeln des Gewässers verrät, dass das Eis inzwischen selbst einen übergewichtigen Bergtroll tragen würde.

Nach einigen Schritten erkennt Andreas auch, dass es ein menschlicher Schemen ist, den er da gut hundert Meter vom Ufer entfernt erspäht hat, gekleidet von Fuß bis Kopf in weißes Winterzeugs. Im Näherkommen erkennt der Mann, dass das Haupt doch unbedeckt ist; nur wirken die weißblonden, schulterlangen Haare wie eine Kapuze.

Gerade als Andreas sich sicher ist, dass er es hier mit einer Frau zu tun hat, dreht diese sich um und bestätigt jene Vermutung:»God morgen!«

»God morgen!«, erwidert Andreas den Gruß. Er schätzt die Frau auf Anfang Dreißig, vielleicht zehn Jahre jünger als er selbst. Für seine Beinah-Sprachlosigkeit ob dieser unerwarteten Begegnung findet der Mann flink einen Vorwand: »Unnskyld, äh ... I am afraid my Norwegian is not that great.«

Wie um besser hören zu können, streicht die Frau darauf ihr Haar auf der einen Seite hinters Ohr: »Du kommst aus Deutschland?«

Am wenigsten überrascht Andreas, dass er auf Anhieb geduzt wird: »Sie- *Du* sprichst Deutsch?«

»Etwas. Du willst Eisfischen?«

Dabei blickt sie auf Andreas' Tasche. Zwar ist diese noch geschlossen; an einem Ende aber schaut der Eisbohrer hervor. Erst darauf registriert der Neuankömmling, was die Frau hier tut: Sie sitzt auf einem Klappschemel an einem gut zwei Meter weiten Eisloch. Eine Spitzhacke im Schnee verrät, wie das Loch produziert wurde; die Angelrute auf dem Schoß der Frau verrät, wozu es dienen soll. »So ist es. Hm ... Es scheint, den Bohrer hätte ich nicht mitschleppen brauchen? Wenn ich Ihr- *dein* Loch denn benutzen darf, heißt das?«

»Sehr gerne!«, erwidert die Frau mit einer einladenden Geste. »Mit den Bohrer ... Wie sage ich das? Kleines Loch, kleiner Fisch.«

Andreas schmunzelt amüsiert, während er seinen Klappstuhl auspackt und aufstellt, und das nicht nur wegen des Akzents der Frau: »Oh, ich bin kein großer Angler. Ich möchte halt nur meine Familie zu Heiligabend mit etwas frischem Fisch überraschen. *Wirklich* frischem Fisch. Forelle, wenn möglich. Trotzdem: Danke; wenn das Loch eh schon da ist ... Ich bin übrigens Andreas.«

»Lykke. Wie ›Lücke‹ auf Deutsch, nur mit y-k-k. Du hast also die Hütte gemietet von Håkon? Dort hinten?«

»So ist es«, bestätigt das Andreas, da die Frau namens Lykke in die korrekte Richtung deutet. »Ein Schnäppchen – für norwegische Verhältnisse! Gut; man ist sehr einsam, aber das wollten wir

27

ja! Darf ich fragen, ob du auch in der Nähe wohnst? Vor zwei Jahren, da war ich schon mal an einem anderen See in der Gegend hier; daher kenne ich mich ein wenig aus.«

Darauf deutet die Frau in die entgegengesetzte Richtung: »Dort hinten.«

Erst nun bemerkt Andreas die Fußspur, die aus der betreffenden Richtung zum Eisloch führt. »Dann bist du ja ... Wie weit? Zwei, drei Kilometer übers Eis marschiert? Mit Spitzhacke und allem? Warum hast du das Loch nicht gleich dort drüben gemacht?«

Lykke lächelt vieldeutig: »*Ich* fische heute nicht das erste Mal hier.«

»Ich verstehe; klar, du kennst dich aus. Da habe ich ja wirklich Glück gehabt, dass ich dich traf.«

Die Frau lächelt weiter: »Vielleicht habe auch ich Glück ... Aber, ja, es stimmt: An julaften gehen wenig Norweger Eisfischen.«

»Julaften? Heiligabend? Ja, der Vermieter – Håkon – erwähnte etwas in der Richtung.«

Wieder blickt Lykke den ihr nun gegenüber sitzenden Mann forschend an: »Was sagte Håkon genau?«

»Nun, eigentlich meinte er, ich solle an Heiligabend gar nicht fischen gehen. Erst recht nicht an diesem See! Aber bei solch herrlichem Wetter ...«

»Sagte er, warum nicht?«

»Eigentlich nicht. Ich habe auch nicht nachgefragt. Wohl wegen Artenschutz, Arbeitsrecht oder so.«

Lykke schüttelt den Kopf: »Es ist Tradition. Sehr alt. Weil ... Wie sagt man? Some superstition.«

»Aberglauben? Ich verstehe. Tja, deswegen isst man hierzulande zu Weihnachten auch eher diesen Trockenfisch, nicht wahr? Wie heißt der gleich?«

»Lutefisk?«

»Genau der. Sorry, aber der ist so gar nicht mein Fall. Frische Forelle dagegen ... Köstlich! Vorletztes Jahr, da habe ich es über die Feiertage einen See weiter schon mal versucht: Denn am zweiten Feiertag hatte uns ein Freund aus der Gegend in ein Fischrestaurant in der Stadt eingeladen. Dort aß ich die beste Forelle meines Lebens! Wirklich köstlich! Klar, meine Fische waren kleiner, aber immerhin ...«

»Fischrestaurant? Das ›Fersk Fisk‹?«

»Ja, so ist es. Du kennst es natürlich?«

»Genau gesagt: Es gehört mir.«

Vor Überraschung springt Andreas von seinem Schemel auf: »Sie- Du bist- Wie war der Name gleich? Ach ja: Lykke Lunde, natürlich! Die beste Forellen-Fischerin von ganz Süd-Norwegen, meinte mein Freund.«

Die Frau winkt ab: »Det er tull. Ich habe Glück.«

»Glück? Wie groß war denn der größte Fang? Die größte Forelle? Angeblich über einen Meter.«

»Nei, nei. Sagen wir ... Achtzig Zentimeter?«

Prompt lässt sich Andreas wieder auf seinen Schemel fallen: »Achtzig!? Die größte Forelle, die ich damals aus dem See holte, war kaum halb so lang!«

»Ist auch gut. Aber für Restaurant brauche ich mehr«, befindet die Frau schmunzelnd. »Forelle steht wieder auf der Menu für Juleferie das Jahr.«

»Das heißt ... Dein Fisch ist ja wirklich frisch; frischer geht's nicht! Zeigst du mir ein paar Kniffe? Ich verrate auch nichts weiter; ehrlich! Ich sag nicht mal meiner Frau und den Kindern, wo ich den Fisch her habe; versprochen! Die schlafen vermutlich eh alle noch.«

Lykke mustert ihr Gegenüber gründlich. Dann sieht sie sich nach allen Seiten prüfend um. Da niemand in Sicht ist, nickt sie schließlich: »Gut. Nimm die Angel.«

Nachdem sie bisher ihre Rute auf dem Schoß gehalten hat, rammt sie nun deren Griff in den Schnee. Andreas beeilt sich darauf, auch sein Gerät zusammenzusetzen. Sobald er fertig ist, verfolgt er aufmerksam, wie die Frau etwa einen Meter Angelschnur entrollt. »Und als Köder? Ich wette, das ist das Wichtigste.«

Als Antwort greift die Frau in ihre Manteltasche. Die Objekte, die sie hervor holt, hält sie dann in ihrer unbehandschuhten Rechten dem Mann entgegen. Der begreift nicht: »Was ... Kreuze!? Solche Teile zum Umhängen? Eines aus Holz, eines aus ... aus Eisen?«

»Stahl«, präzisiert Lykke. »Nimm das Holz-Kreuz!«

Andreas streckt die Hand aus, zögert aber noch: »Aber ... Wie soll das funktionieren? Das schwimmt doch!?«

»Es funktioniert. Vertraust du mir?«

Andreas erwidert Lykkes Lächeln, wenn auch nicht mit der gleichen Überzeugungskraft. Endlich ergreift er das Holzkreuz: »Na gut! Vermutlich ist eh die Bewegung, die Form und so entscheidend. Und nun?«

Als Antwort bindet Lykke ihr Kreuz an das Ende ihrer Angelschnur. Andreas tut es ihr gleich, und kurz darauf kurbeln beide ihre ›Köder‹ fast synchron in das stahlblaugraue Seewasser hinab. Einige Meter Angelschnur folgen, und Andreas ist überrascht, wie tief der See an dieser Stelle offenbar schon ist. Dann stoppt er, wie Lykke stoppt. »Na schön. Ich bin mal gespannt, ob das wirklich klappt.«

Vorerst aber blickt die Frau nur auf den See hinaus. Eine Weile schweigt man. Schließlich beginnt Lykke zu pfeifen – eine Melodie, die dem Deutschen vage bekannt vorkommt: »Schön ... Woher kenne ich das?«

Die Pfeiferin beendet die Strophe, ehe sie antwortet: »Carl Loewe. Ich habe Kochen gelernt auch in Deutschland und Österreich. Da lernte ich Deutsch; da hörte ich seine Musik.«

Damit beginnt sie die nächste Strophe zu pfeifen. Andreas strapaziert unterdessen sein Gedächtnis: »Eine seiner Balladen also. Hm ... Eigentlich kann ich mich nur an ›Herr Oluf‹ oder ›Tom der Reimer‹ erinnern. Aber das ist es nicht?«

Lykke schüttelt den Kopf, während sie weiter auf den See hinaus blickt. Wieder unterbricht sie ihr Pfeifen erst zwischen zwei Strophen: »Nein. ›Der Nøkk‹.«

»Ah ja, ›der Nöck‹«, meint sich Andreas zu entsinnen, während Lykke wieder zu pfeifen beginnt. »Kann sein, dass meine Frau das Stück auf CD hat. Sie steht eher auf Klassik. Wir- Oh mein Gott! Was zur Hölle ist das?«

Andreas kippt prompt von seinem Schemel nach hinten weg, und nur rein instinktiv hält er seine Angelrute fest, als er sieht, dass da in der Mitte des Eisloches etwas auftaucht. Auf den ersten Blick hielt er es für ein Bündel Seegras; auf den zweiten Blick für eine übel zugerichtete Wasserleiche. Dann erkennt er, dass sich das Objekt bewegt: Mit seinen grünen, schuppigen Armen greift es nach den zwei Leinen, und in seinen krallen- und schwimmhautbewehrten Händen hält es die ›Köder‹. Während es bis auf Brusthöhe empor taucht und dabei ein wenig Wasser zwischen seinen Fangzähnen hervor stößt, mustert es mit glutroten Augen Angler und Anglerin. Letztere zeigt sich nicht im geringsten überrascht: »Hjertelig velkommen, Nøkk!«

Sie nickt dem Wasserwesen zu, und dieses erwidert den Gruß. Dann blickt er zu dem schreckensstarren Mann hinüber: »Er det for meg?«

Wieder nickt Lykke: »Ja. Alt det beste!«

Einen Augenblick starren Mann und Nøkk einander wort- und regungslos an. Dann schnellt das Wasserwesen ruckartig an die Eiskante vor, lässt Lykkes Leine los und reißt zugleich Andreas' Angelschnur an sich heran. Auch jetzt lässt der Angler sein Gerät noch nicht fahren; so rutscht er dichter gen Loch. Sobald er in Reichweite ist, schleudert der Nøkk auch die zweite Leine zur

Seite, streckt beide Arme aus und umkrallt die Beine des Mannes. Erst da lässt Andreas seine Angel los, doch zu spät: Innerhalb eines Herzschlages taucht der Nøkk wieder ab, und ehe das Opfer auch nur um Hilfe schreien kann, wird es ins Loch, ins Eiswasser und in die Tiefe gezogen.

Als sich Lykke verbeugt, sieht sie, wie das Wasser im Eisloch aufgewühlt wird, sich eintrübt und Blasenschwärme aufsteigen. Nach zwei, drei Minuten jedoch hat sich alles wieder beruhigt. Noch ein paar Minuten später taucht das Haupt des Nøkk ebenso langsam wieder auf wie beim ersten Mal. Er sieht sich um, und als sonst niemand in Sicht ist, wendet er sich der Frau zu, die unterdessen ihren ›Köder‹ wieder eingeholt hat: »Tusen takk, min venn!«

Auch Lykke antwortet auf Norwegisch: »Gern geschehen!«

Darauf deutet das Wasserwesen mit einer seiner Krallen nach unten: »Kanntest du ihn?«

»Nein. Ein Tourist. Es wird etwas Aufregung geben die nächsten Tage, aber dann …«

»Das übliche also. Bald beginnt es wieder zu schneien; dann findet niemand mehr Spuren.«

»Gut. Wo wir schon dabei sind … Beseitigst du auch all dies?«

Damit sammelt sie Rute, Schemel und Tasche des Toten ein und gibt sie dem Nøkk. Der nickt nur und verschwindet wiederum mit den Beweismitteln unter Wasser.

Darauf zerlegt die Anglerin die eigene Rute und packt sie in ihre Tasche. Eine Viertelstunde muss sie warten; dann erscheint der Nøkk erneut – aber nicht allein: Mit jedem Arm schleudert er noch im Auftauchen je eine armlange Forelle auf das Eis, wo sie klatschend links und rechts von der Frau landen.

»Die beiden besten Forellen des Sees; wie üblich«, erklärt das Wesen. »Ein Pärchen. Guten Appetit auch dir!«

»Danke!«

Der Nøkk verfolgt, wie die Anglerin die beiden Fische in ihrer Tasche verstaut.

»Du weißt gewiss, dass es in den meisten Seen ringsum keinen Nøkk wie mich mehr gibt?«, fragt er endlich, als die Frau den Reisverschluss zuzieht. Darauf blickt sie etwas verwundert zu ihrem ›Lieferanten‹ hinüber:»Ja. Warum sagst du das?«

»Auch dort kannst du dir Forellen holen. Nicht so schöne, gewiss – aber einfacher. Gefahrloser.«

Lykke zuckt mit den Schultern:»Ja. Aber was ist dann mit dir? Schließlich kannst du nur zweimal im Jahr an die Oberfläche. Zu Sankt Johannis sind die Chancen immer gut, jemanden zu finden. Aber an Heiligabend?«

Darauf zuckt nun der Nøkk mit den Schultern:»All die Jahre habe ich überlebt ...«

Nun hockt sich Lykke an der Eiskante nieder und blickt dem Nøkk direkt in die roten Augen:»Du brauchst meine Hilfe nicht; ich weiß. Aber es ist Weihnachten! Ja, es ist ein Fest der Christen, aber seine Botschaft richtet sich an alle! Es freut mich, wenn ich *dir* jedes Jahr eine Freude bereiten kann – und *ich* freue mich jedes Jahr aufs Neue auf den Fisch!«

Der Nøkk nickt nachdenklich:»Nun denn: Godt jul!«

»Danke, mein Freund. Bis nächstes Jahr: Godt nytt år!«

Damit taucht der Nøkk ab, und die Frau folgt ohne Eile ihren eigenen Fußspuren gen Ufer. Dabei pfeift sie wieder die Melodie einer Loewe-Ballade, doch nun die zu ›Der Fischer‹.

Das zweite Kommen

»Nun gut, Herr-«

»Bitte nicht diese Anrede; es gibt nur einen Herrn! Nennen Sie mich einfach Jochanan.«

Die Fragestellerin blickt ihr Gegenüber auf diesen Einwurf hin eine Weile irritiert an. Endlich aber streckt sie ihm wieder ihr Miniatur-Mikro entgegen: »Nun gut; Jochanan also. Bezugnehmend auf Johannes den Täufer, nehme ich an? Der seinerzeit das erste Kommen Christi prophezeit hat?«

»So ist es. Ich sehe, Sie haben sich gut vorbereitet.«

»Nun, wenn ich schon als einzige Journalistin bei diesem ... Sagen wir, bei diesem speziellen Ereignis dabei sein darf ... Aber ich glaube nicht, dass der Täufer seinerzeit beim Zustandekommen der Geburt Christi nachgeholfen hat. Oder?«

Der Interviewpartner nickt nachsichtig: »Natürlich nicht; wie sollte er? Er war ja nur sechs Monate älter als Jesus von Nazareth. Ich habe auch nie behauptet, der wiederauferstandene Täufer, dessen Reinkarnation oder etwas in der Art zu sein.«

»Sondern?«

»Ganz einfach sein Nachfolger – sein Nachfolger als Prophet. Und wenn man – wie eben auch meine Wenigkeit – eine Prophezeiung empfangen hat, soll man dann einfach die Hände in den Schoß legen und abwarten, ob sie auch eintrifft? Tat das Abraham, als ihm verkündet wurde, dass seine Nachfahren das Heilige Land erben sollen? Nein; er machte sich auf aus seiner Heimat! Wartete Jona einfach ab, ob der Herr Ninive zerstören würde? Nein; er verkündete seine Prophezeiung und gab den Menschen somit die Chance zur Umkehr.«

»Aber er hat nicht versucht, seine Prophezeiung wahr zu machen und Ninive selbst zu zerstören.«

»Natürlich nicht; er hatte weder die Möglichkeit noch den Auftrag dazu. Anders als etwa Josua, als er das Heilige Land eroberte und damit die Verheißung an Abraham erfüllte. Der Herr stand ihnen bei, aber kämpfen mussten die Israeliten schon selbst.«

»Verstehe …«

Während sie über ihre nächste Frage nachsinnt, schaut sich die Journalistin um. Man befindet sich nahe der Kuppe eines Hügels; nur spärliche, mediterrane Vegetation beeinträchtigt die Sicht; somit hat man einen guten Ausblick auf die Umgebung. Viel gibt es allerdings nicht zu sehen: Ihre einzige ›Gesellschaft‹ bildet die einige Schritt weiter auf einem Stativ stehende Kamera. Es ist Nacht, aber nicht nur der Mond bezwielichtet die Szenerie: Am Fuße des Hügels erstreckt sich eine großzügig illuminierte Kleinstadt. Das einzige Gebäude in Steinwurfweite ist allerdings ein halbverfallener Stall im Schatten einiger Zypressen. Ab und an erahnt man aber auch einige dunkle Gestalten, die in ein-, zweihundert Schritt Entfernung sporadisch durchs Blickfeld huschen.

Dies bringt die Journalistin zu ihrer nächsten Frage: »Nun gut: Soweit ich weiß, hat Ihre Sekte inzwischen-«

»Sekte!? Ich muss doch sehr bitten!«

»Nun gut. Also, Ihre ›Gemeinschaft‹ hat inzwischen einige Tausend Anhänger: Menschen aus aller Welt, die auf das Zweite Kommen des Messias warten – und auch bereit sind, dabei nachzuhelfen. Sind darunter auch Israelis? Oder wie sonst haben Sie es geschafft, dass die Zahal Ihre … Sagen wir, Ihre Veranstaltung hier sichert? Zumal in der Heiligen Nacht, während dort unten in Bethlehem Tausende Pilger Weihnachten feiern? Das 2042. Weihnachtsfest nach der christlichen Zeitrechnung – und womöglich das letzte?«

Wieder lächelt der Interviewpartner nachsichtig; wieder hebt er belehrend den Zeigefinger: »Genauer gesagt: Das Weihnachtsfest des Jahres 2042. Aber da, wie wir heute wissen, das erste

Kommen Christi in das Jahr 7 vor Christ fiel, ist es eigentlich die 2048. Wiederkehr jenes Tages.«

»Und 2048, also 2 hoch 11, ist gemäß Ihrer Prophezeiung die Zahl der Jahre zwischen dem ersten und dem zweiten Kommen.«

»So ist es. Zwei, nun, das erklärt sich von selbst; elf, gleich zwölf minus eins ... Aber ich will Sie – und unsere Zuschauer – nicht mit Details unserer Lehre langweilen. Wichtig ist: Es ist dies die Heilige Nacht des Jahres 2048 nach dem ersten Kommen Jesu Christi, und in dieser Nacht wird er zum zweiten Mal in unsere Welt kommen.«

Die Journalistin nickt vorerst nur, um dann in die Nacht hinaus zu lauschen. Von Bethlehem her hört man – je nach Windrichtung – einzelne Gesangs- und Musikfetzen; im spärlichen Grün ringsherum macht sich die lokale Fauna bemerkbar, und alles wird untermalt vom sanften Rauschen der Olivenbäume und Zypressen. Eigentlich eine recht idyllische Szenerie, denkt die Frau – bis ein Schmerzensschrei sie zusammenzucken lässt: »Mein Gott: Es klingt, als wäre es tatsächlich bald so weit! Ich nehme an, das war Maria?«

Auch Jochanan ist zusammengezuckt. »Nun, Josef dürfte es kaum gewesen sein. Ansonsten sind die zwei ja allein dort drüben – so wie es sein soll; so wie damals vor 2048 Jahren.«

Die Journalistin dreht sich daraufhin zu dem Stall um, auf den der Prophet weist. Erst auf den zweiten Blick erspäht sie einen schwachen Lichtschimmer, der zwischen den Brettern des Verschlages hervor scheint. »Bis auf den Ochsen und den Esel, meinen Sie wohl. Sollte man nicht doch lieber-«

Sie unterbricht sich selbst, als sie sieht, dass da jemand aus dem Stall stürzt, sich hektisch umsieht und dann auf sie zu gerannt kommt – oder eher auf ihr Gegenüber. Der zeigt sich nur mäßig überrascht: »Was gibt's denn, Josef?«

»Maria ...« beginnt der Neuankömmling, der offensichtlich ebenso atem- wie ratlos ist. »Sie ... Sie hat Schmerzen!«

Der Prophet seufzt unwillig, ehe er antwortet: »Wir haben das doch besprochen, Josef: Das gehört dazu. Das ist normal.« »Aber ... Sollten wir nicht doch ... Vielleicht ein Arzt ...?« »War vor 2048 Jahren ein Arzt dabei? Steht davon etwas in der Bibel? Nein! Vertraue auf den Herrn, Josef! Außerdem hast du doch den Geburtshelfer-Kurs bei Doktor Isajah gemacht, nicht wahr? Du schaffst das, mein Junge!«

Unterdessen hat die Journalistin den ›Jungen‹ anfangs nur ungläubig angestarrt; nun findet sie die Sprache wieder: »Äh ... Ich weiß, der Zeitpunkt ist ungünstig, aber trotzdem, wo du schon da bist: Darf ich dir ein paar Fragen stellen, Josef? Ich darf doch Du sagen?«

Der Betreffende blickt verwundert die Journalistin an, dann fragend den Propheten. Der zuckt lässig mit den Schultern: »Warum nicht? Nur zu, mein Junge!«

»Okay; danke. Zuerst einmal: Wie alt bist du, Josef?«

»Siebzehn. Wieso?«

»Siebzehn!? Mein Gott! Ist das nicht sehr jung, um ... Nun ... Für so eine Aufgabe?«

Wieder zuckt der Prophet mit den Schultern, ehe er antwortet: »Was glauben Sie, wie alt jener andere Josef war? Sicher, er wurde später oft als Greis dargestellt, doch davon steht nichts in der Bibel. Die Leute wurden damals sehr jung verheiratet. Und, ehe sie fragen: Unsere Maria ist noch ein Jahr jünger.«

»Sechzehn!?«

»So ist es. Genauer gesagt, wird sie nächsten Monat Sechzehn. Nicht wahr, Josef?«

»Ja, stimmt.«

Diesmal erholt sich die Journalistin etwas schneller von ihrer Überraschung: »Verstehe. Darf ich auch fragen, wie du- wie *ihr beide* zu dieser Aufgabe kamt?«

»Also, das war echt eine Überraschung«, beginnt der Junge. »Wir sind ja-«

An der Stelle aber wird er von einem Schrei unterbrochen, der den vorherigen Ausruf harmlos erscheinen lässt. Daraufhin klopft Jochanan dem Jungen wohlwollend auf die Schulter: »Vielleicht solltest du ihr besser Beistand leisten, hm?«

Josef zögert noch einen Moment; dann nickt er, um darauf noch schneller zum Stall zurück zu eilen, als er gekommen ist. Sobald er außer Sicht ist, wendet sich die Journalistin wieder ihrem Interviewpartner zu: »Siebzehn und knapp Sechzehn ... So jung! Mein Gott; meine älteste Tochter ist in dem Alter.«

»Ja, sie sind jung«, befindet der Mann nickend. »Doch nicht *zu* jung. Sicher werden sie erst mit der Zeit verstehen, welche Ehre ihnen damit zuteil wird – so wie seinerzeit ihre Namensvettern. Doch auch sie sind dieser Ehre würdig.«

»Das heißt, sie sind beide noch ... Wie soll ich sagen?«

»Sie haben einander noch nicht erkannt, wie es in biblischer Sprache heißt. Oder, in zeitgemäßer Ausdrucksweise: Ja, sie sind beide noch jungfräulich. Auch dies war eine Voraussetzung.«

»Wie können Sie da so sicher sein?«

»Nun, was Josef betrifft, so haben wir eidesstattliche Erklärungen von ihm und seinen Eltern. Das ist aber zweitrangig. Was Maria betrifft, so haben wir Gutachten mehrerer anerkannter Mediziner, die das bestätigen. Das jüngste erst vom letzten Monat.«

»Aber auf den Heiligen Geist mochten Sie sich offenbar nicht verlassen, was die Zeugung betrifft?«

»Spotten Sie nicht, gute Frau! In der Hinsicht sind die Voraussetzungen natürlich andere als beim ersten Kommen: Es muss sicher sein, dass der Jesus, der heute zur Welt kommt, derselbe ist, der vor 2048 Jahren geboren wurde. Aber dank göttlichen Beistands konnten wir das sicherstellen.«

»Und dank der Fortschritte der Gentechnik.«

»So ist es; das haben wir ja nie geleugnet. Wir sind halt Menschen und können nur das tun, was mit unseren Mitteln möglich ist. Aber ist es nicht ein bemerkenswertes Zeichen, dass all dies vor wenigen Jahren noch nicht machbar gewesen wäre – jedenfalls nach menschlichem Ermessen? Dass man nach über 2000 Jahren noch das Erbgut des Gekreuzigten aus dem Grabtuch von Turin isolieren konnte ... Wer hätte sich das vor zwanzig, ach was, vor zehn Jahren auch nur vorstellen können?«

»Nun, viele können oder wollen es sich ja bis heute nicht vorstellen. Schließlich wollte man Ihnen das Grabtuch auch nicht freiwillig überlassen.«

»Ja, leider. Wir bedauern alle Unannehmlichkeiten in diesem Zusammenhang, und wir werden das Tuch demnächst zurück nach Turin schicken. Wobei man natürlich bald für solche Reliquien keine Verwendung mehr haben wird, wenn denn der Messias selbst wieder auf Erden wandeln wird.«

»Und dass Sie dazu die Dienste von Gentechnikern aus China in Anspruch nehmen mussten, da die entsprechenden Verfahren in den meisten Ländern illegal sind ... Hat Sie das nicht gestört?«

»Nein: Wenn jemals der Zweck die Mittel geheiligt hat, dann hier. Doktor Wang und sein Team haben nie einen Hehl daraus gemacht, dass sie an diesem Projekt nur des Geldes wegen mitgearbeitet haben. Damit haben wir kein Problem.«

»Und Wang hatte kein Problem damit, nach Mao Tsedong nun Jesus Christus zu klonen?«

»Nein. Im Gegenteil; es war eine wissenschaftliche Herausforderung, denn noch nie hatten sie es mit so altem Genmaterial zu tun. Doktor Wang meinte neulich erst, dass sie die Erfahrungen aus diesem Projekt nutzen wollen, um demnächst Konfuzius zu klonen. Dabei wünsche ich ihnen viel Erfolg.«

Einige Augenblicke schaut die Journalistin ihr Gegenüber forschend an. Dann schlussfolgert sie, dass dieser jene Aussage ernst meint. »Nun gut. Bei Mao konnten sie sein Genmaterial mit dem seiner Nachkommen vergleichen. Das war in Ihrem Fall naturgemäß nicht möglich. Wie sicher können Sie sich also sein, dass das gefundene Erbgut wirklich zu Jesus von Nazareth gehört? Dass Sie sozusagen die Gottes-Gene gefunden haben?«

»Ich kann Ihre Skepsis nachvollziehen, aber wir haben das selbstverständlich bedacht. Die Tests ergaben, dass die Blut-, Schweiß- und Hautspuren am Grabtuch von einer einzelnen Person stammen. Dieses Genmaterial wurde entsprechend behandelt, um das vollständige Genom zu gewinnen, aber nicht weiter ausgewertet.«

»Wieso denn das?«

»Nun, letztendlich hat nur der Wiedererstandene das Recht, zu entscheiden, was weiter geschehen soll, nicht wahr? Wir sind nur seine demütigen Diener, die ihm den Weg bereiten.«

»Verstehe. Und der Rest, die Einsetzung des Klons bei Maria-«

»Bitte, wir sprechen nicht von ›Klon‹ in diesem Zusammenhang. Es ist der Wiedererstandene, der in Kürze das Licht der Welt erblicken wird.«

»Nun gut. Also, die Einsetzung des ... sagen wir, des Embryos des Wiedererstandenen bei Maria erfolgte dann also ganz klassisch?«

»So ist es. Diese Technik ist ja schon seit Jahrzehnten-«

Hier unterbricht sich der Sprecher selbst, da sich gerade die Schreie aus dem Stall heraus intensivieren. Diesmal jedoch enden sie nicht so schnell wie vorher. So lauschen die Frau und der Mann Marias Schreien, zwischen denen immer wieder kurz Josefs Stimme zu erahnen ist. Dabei behält die Journalistin auch ihr Gegenüber im Auge, und mit einer gewissen Befriedigung registriert sie, dass der bisher bemerkenswert gelassen wirkende Prophet Anzeichen von Nervosität zeigt: Alle paar Minuten blickt er auf die Uhr, streicht sich durch die Haare, streicht seinen eigentlich faltenfreien Anzug glatt und wippt leicht hin und her. Schließlich – im Osten beginnt es bereits zu dämmern – zucken er wie die Journalistin synchron zusammen: Denn kurz nachdem die Schreie der werdenden Mutter verstummt sind, ertönt plötzlich eine andere Stimme – unverkennbar die Stimme eines neugeborenen Kindes.

»Es ist vollbracht!«, bemerkt dazu Jochanan mit einem erleichterten Lächeln.

Die Journalistin nickt nachdenklich:»Nehmen Sie's mir nicht übel: Aber ich bin mir nicht sicher, ob ich Sie dazu beglückwünschen soll. Beginnt damit nicht die Endzeit, die Apokalypse, das Jüngste Gericht und so?«

Der Mann reagiert mit einem Schulterzucken:»Wer bin ich, dass ich das beurteilen könnte? Dies liegt nun in der Hand des Herrn. Wir- Ah, da kommt Josef.«

Darauf dreht sich auch die Journalistin wieder zum Stall um. Von dort nähert sich tatsächlich – wenn auch unsicheren, zögerlichen Schrittes – besagter junger Mann mit einem in Decken gewickelten Bündel im Arm.

»Jochanan, ich ... Wir ... Es ist ...« beginnt Josef stammelnd, sobald er neben dem Duo steht. Trotz der nächtlichen Stunde bemerkt die Journalistin, dass der Geburtshelfer blass und schweißgebadet ist, und sie ist sicher, dass auch dem Propheten dies nicht entgeht. Tatsächlich blickt der nun wieder recht besorgt drein:»Was ist? Ist das Kind gesund? Wie geht es Maria?«

»Oh, beiden geht's gut; sie haben's gut überstanden, denke ich. Klar, es war für uns alle die erste Geburt, aber-«

Jetzt verliert die Journalistin die Geduld:»Darf ich mal? Wie's aussieht, bin ich die einzige hier, die darin Erfahrungen hat; immerhin habe ich drei Kinder.«

Sie steckt ihr Mikro ein und streckt die Arme Josef entgegen. Der stutzt kurz, blickt dann Jochanan fragend an, und nachdem dieser nach kurzem Zögern genickt hat, reicht Josef das Bündel an die Frau weiter. Diese nimmt es vorsichtig entgegen und macht sich dann daran, es auszuwickeln:»Sieht tatsächlich gesund und munter aus. Noch recht blutig, aber das ist ja normal. Und die Nabelschnur ... Hm, recht sauber abgetrennt.«

Zum ersten Mal zeigt der Ersatz-Vater ein wenig Stolz:»Das haben wir an einem Gartenschlauch geübt.«

»Verstehe. Ein wunderschönes Kind. Und ... Hoppla!? Ah, jetzt verstehe ich.«

Letzteres richtete sich an Josef, der darauf nur mit einer ratlosen Geste und einem schiefen Grinsen reagiert. Der Prophet zeigt sich dagegen nun zum ersten Mal etwas unwillig:»Was denn? Was ist? Stimmt was nicht?«

Die Journalistin blickt den Mann schmunzelnd an. Ehe sie antwortet, wirft sie noch einen raschen Blick in Richtung Kamera, um zu checken, dass die Aufnahme noch läuft.»Nun, das ist wohl Ansichtssache. Aber Sie werden sich einen anderen Namen für Ihr Christ-Kind suchen müssen.«

»Was? Wieso?«

»Weil es ein Mädchen ist.«

Darauf starrt Jochanan für einige Sekunden abwechselnd auf Josef, die Journalistin und das Kind in deren Arm.»Unmöglich! Wie ... Nein, das kann nicht sein.«

»Sehen Sie es sich doch an!«

Damit streckt die Frau das nun leicht glucksende Kind dem Propheten entgegen. Der nimmt es zögerlich entgegen, wickelt es wieder teilweise aus und starrt es dann geraume Zeit mit großen Augen an.»Unmöglich! Wie ... Wieso ... Das ist ...«

Er findet keine Worte – anders als die nun breit grinsende Journalistin:»Das ist ein Wunder: ein Weihnachts-Wunder.«

Kommet, ihr Hirten ...

Nachdem sich der Alte an dem grob gezimmerten Tisch niedergelassen hat, mustert er lange den schmächtigen Halbwüchsigen, der ihm gegenüber sitzt. Dann blickt er zum einzigen, gitterbewehrten Fenster hoch, schaut zur eisenbeschlagenen Tür hinüber und mustert die zwei Wachtposten, die vor dieser stehen. Beide sind sie gut einen Kopf größer als die zwei Männer am Tisch.

»Lasst uns allein!«, wendet sich der Alte schließlich an die Soldaten. »Aber vorher nehmt ihm die Ketten ab!«

Der eine Posten blickt darauf fragend seinen Kameraden an. Auch dieser zögert, antwortet aber endlich: »Herr, wir sind für den Gefangenen verantwortlich.«

»Seht ihn euch an: Meint ihr, dass er mich überwältigen wird? Und selbst wenn: Wohin sollte er dann fliehen? Wartet vor der Tür!«

»Aber, Herr ...«

»Ihr wisst schon, wer ich bin!?«

»Aber ... Wie Ihr wünscht!«

Damit nimmt der Posten ein Schlüsselbund vom Gürtel, tritt an den Gefangenen heran und schließt dessen Hand- und Fußfesseln auf. Klirrend gleiten die Ketten auf den Steinboden. Während der Entfesselte sich die Handgelenke reibt, mustert der Soldat mit unverhohlener Skepsis die zwei Männer am Tisch. »Also, wir sind eh gleich draußen vor der Tür.«

»So ist es recht.«

Der Alte wartet, bis die Posten die Tür krachend hinter sich schließen; erst dann wendet er sich an den Gefangenen: »So ist es wirklich besser, nicht wahr?«

Der Gefangene nickt, wobei er sein Gegenüber forschforschend anblickt: »Sicher. Aber wenn Ihr glaubt, mich damit in

Sicherheit zu wiegen, so sage ich lieber gleich: Auch *ich* weiß, wer Ihr seid.«

»Ach ja? Dann verrate es mir!«

»Ihr seid Nikolaos, der Damaszener. Der Philosoph. Der ... Wie soll ich sagen? Herodes' Mann fürs Feine. Ich sah Euch vor zwei Jahren, als Ihr mit dem König die Baustelle des Tempels besuchtet. Oben in Jerusalem.«

Für einen Moment entgleisen die Gesichtszüge des Alten. »›Mann fürs Feine.‹ Gar geistreich, aber vielleicht nicht ganz gerecht, nicht wahr? Ich würde eher sagen: Vertrauter. Ratgeber. Vielleicht gar Freund.«

Der Knabe schnauft verächtlich. »Freund! Wer solche Freunde hat ... Nun, das ist Eure Sache. Aber wenn ein bedeutender Mann wie Ihr sich um das Verhör eines einfachen Hirten kümmert, so ist eines sicher: Ich bin eure letzte Hoffnung.«

Nikolaos gibt sich ahnungslos: »Hoffnung? Worauf?«

»Nun, worauf schon? Darauf, einen Verräter zu finden. Einen, der euch endlich verrät, wo der neugeborene Messias zu finden ist. Der Meschiah. Der Christos, falls Euch das lieber ist.«

Der Philosoph zuckt mit den Augenbrauen: »Du sprichst Griechisch?«

»Ein wenig. Und auch etwas Hebräisch. Ich war nicht immer Hirte. Haben Euch das eure Spitzel nicht verraten?«

»Nein, haben sie nicht. Umso besser; so können wir fürwahr auf Augenhöhe reden. Nun, mein Freund, ich-«

»Ich bin nicht Euer Freund! Säße ich sonst hier?«

Nikolaos räuspert sich demonstrativ, ehe er fortfährt: »Nun, wie auch immer: Du meinst demnach, es war der neugeborene Messias, den ihr damals saht? Was macht dich da so sicher? Du weißt, wir Philosophen sind Skeptiker; vielleicht kannst du mich überzeugen.«

Aber der Gefangene grinst wissend: »Netter Versuch! Ihr wollt, dass ich zu plaudern beginne und Details verrate, Kleinigkeiten zu Ort und Zeit, wo ihr dann ... Ja, was habt ihr eigentlich vor, wenn ihr ihn findet? *Falls* ihr ihn findet? *Falls* ich euch überhaupt etwas verraten könnte?«

»Nun, wir sollten ihn zum Tempel bringen, nicht wahr? Dort mögen die Priester und Schriftgelehrten prüfen, ob er fürwahr der Messias ist.«

»So ... Immerhin lügt Ihr nicht ganz so plump wie Herodes. Von wegen ihn anbeten und so ... Umbringen will er ihn, den Konkurrenten um seine Herrschaft über Israel!«

Wieder zuckt der Alte mit den Augenbrauen: »Ach, du weißt demnach auch von der Sache mit den Magiern aus dem Reich der Parther? Woher denn, *falls* du seinerzeit nicht mit dabei warst?«

Der Gefangene ignoriert den Sarkasmus des Philosophen: »Ihr würdet nicht glauben, was nachts unter uns Hirten so alles getratscht wird. Zudem lagern viele Reisende aus aller Herren Ländern bei uns. Das ist allemal sicherer als nachts allein in der Wüste.«

»Auf diese Weise bist auch du den Magiern begegnet?«

»Ihr seid hartnäckig – aber vergebens! Wir haben von einem Händler auf der Durchreise gehört, wie Herodes die Magier hereinzulegen versuchte – um dann selbst hereingelegt zu werden. Also stimmt das Gerücht offenbar? Verrat, überall Verrat ...«

Nikolaos blickt sein Gegenüber eine Weile wortlos an, und der Hirte hält seinem Blick stand. Schließlich legt der Alte ein Papyrus-Bündel, das er bisher auf dem Schoß liegen hatte, auf den Tisch. »Mir deucht, ich habe dich unterschätzt, mein Junge! Also gut; ich will fürderhin mit offenen Karten spielen! Hier ist alles, was wir bisher über diesen Fall in Erfahrung bringen konnten. Vielleicht interessiert es dich; auf jeden Fall sparen wir so Zeit. Einverstanden?«

Sein Gegenüber ist überrascht, nickt aber rasch.

»Also gut; wo fange ich an ... Ah ja: Am besten mit den Berichten über die Hirten, nicht wahr?«

Das überrascht den Gefangenen: »*Den* Berichten?«

»Oh ja. Insgesamt haben unsere Leute sechs Zeugen gefunden. Sie waren in der Gegend zwischen Tekoah, dem Herodion, Efrata und Bethlehem unterwegs, irgendwann zwischen Ende Elul und Anfang Tischri; leider widersprechen sich die Angaben. Man sah jedenfalls die Feuer von Hirten auf den Feldern; man hörte das Blöken der Schafe-«

»Wie außergewöhnlich!«, spottet der Hirte. Sein Gegenüber fährt aber unbeirrt fort: »Man hörte jedoch auch Stimmen. Ungewöhnlich laute, weithallende Stimmen, mitten in der Nacht zudem. Auch von Gesang, von Musik war die Rede. Fällt dir dazu etwas ein?«

Der Gefangene zeigt sich betont gleichgültig: »Unsere Gruppe zählte nie mehr als zehn Mann. Und wir haben sicher nicht in die Nacht hinaus gebrüllt. Sollen wir Wölfe, Bären und Löwen noch extra anlocken!?«

»Und die Musik? Der Gesang?«

Der Gefangene grient kurz: »Ich nehme an, dass auch Ihr wisst, welches Fest wir Juden zu Beginn des Monats Tischri feiern!?«

»Gewiss: Rosch ha-Schana, das Neujahrsfest.«

»So ist es. Nun, wir Hirten haben dabei nicht die Möglichkeit, den Tempel in Jerusalem zu besuchen. Aber wann immer wir in jenen Tagen – oder Nächten – auf dem Felde waren, so haben auch wir Hirten das neue Jahr begrüßt – in angemessener Weise! Auch in den Dörfern ringsum wird man gefeiert haben: Eben in Tekoah, in Bethlehem, Netophah, Etam, Efrata ...«

Nikolaos zögert etwas, ehe er antwortet: »Wie auch immer. Aber zwei, drei Zeugen wollen auch gesehen haben, wie ganze Gruppen von Hirten durch die Gegend zogen. Ohne ihre Tiere, wohlgemerkt. Und sie sollen ... Wie heißt es hier? ›Sie priesen und lobten den Herrn‹. Ungewöhnlich, nicht wahr?«

Der Gefangene zuckt mit den Schultern: »Davon weiß ich nichts. Die waren wohl auf Sauftour in der Nachbarschaft. Schlechte Hirten, wenn sie derart ihre Herden vernachlässigen.«

Der Alte nickt nachdenklich. Er kramt wieder in den Papieren, ehe er fortfährt: »Wie auch immer. Leider haben wir nur wenige Hirten finden können, die wir dazu befragen konnten. Einer meinte, er sei damals jenseits des Jordans gewesen; ein anderer behauptete, er war wohl in der Gegend, habe aber nichts Ungewöhnliches bemerkt; ein dritter hat einige Unruhe bemerkt, aber das war eher in der Gegend von Hebron ... Einer von denen nannte auch deinen Namen. Daher bist du nun hier.«

»Ach ja? Wer war denn der Verräter? Oder, besser gesagt: Der Denunziant?«

»Du erwartest nicht wirklich, dass ich dir den Namen nenne?«

»Nein. Es spielt auch keine Rolle. Wir Hirten kennen untereinander oft nicht einmal die Vaternamen, höchstens noch die Stadt, aus der die anderen kommen. Da gibt es dann halt überall einen Josef, einen Jakob, einen Simon-«

»Einen Juda ...«

»So ist es. Seid ihr sicher, dass ihr den richtigen Juda erwischt habt? Ich selber kenne fünf oder sechs Männer namens Juda – allein in meinem Dorf. Selbst zwei weitere Juda bar Simon sind darunter.«

»Deine Nachbarn meinten, du seiest im Sommer und Herbst zumeist als Hirt unterwegs. Eben in der Gegend zwischen Hebron und Jerusalem.«

»Miese Verräter«, murmelt der Gefangene namens Juda dazu. »Na und? Dass ich auch als Hirte arbeite, habe ich nie bestritten. Es ist kein Geheimnis.«

»Du kannst uns die Sache sehr erleichtern, indem du sagst, wo du damals warst, rund um das Neujahrsfest herum.«

Der Hirte überlegt noch eine Weile; dann zuckt er betont gleichgültig mit den Schultern:»Nun, was soll's: Ja, wir lagerten in der Gegend zwischen Bethlehem und Netophah. Und, ehe ihr fragt: Nein, mir ist damals nichts Besonderes aufgefallen. Wohl etwas Lärm aus Bethlehem, aber bei dem Chaos zu der Zeit dort ...«

Nikolaos nickt zufrieden:»Darauf kommen wir noch zu sprechen. Gibt es jemanden, der das bestätigen kann? Ein anderer Hirt vielleicht?«

»Gibt es sicher, aber wo die jetzt sind ... Ich fürchte, ich war der Einzige aus Judäa in unserer Gruppe. Die anderen waren zumeist Galiläer.«

»Galiläer? Wieso denn das?«

Darauf zeigt sich Juda überrascht:»Das habt ihr noch nicht in Erfahrung gebracht? Die Tiere unserer Herde dort waren für den Tempeldienst bestimmt. Jene Herde gehörte ... Wie war der Name ... Ach ja: Zacharias bar Abia. Ein Priester aus Hebron.«

»Zacharias bar Abia«, wiederholt Nikolaos.»Jetzt hast du mir ja doch einen Namen verraten, nicht wahr?«

Nur für einen Moment zeigt sich der Knabe irritiert:»Ach, auf seinen Namen wäret Ihr eh früher oder später gestoßen; ihm gehören mehrere Herden in der Gegend. Zweitens: Selbst Herodes wird sich kaum mit der Priesterschaft anlegen!? Jedenfalls nicht wegen solch einer Geschichte. Und drittens: Wenn es stimmt, was die anderen Hirten seinerzeit tratschten, so hatte der Priester damals gerade anderes um die Ohren.«

»Ach ja? Was denn?«

»Es soll mit der Verwandtschaft des Zacharias zu tun haben. Irgendwie ist er über seine Frau mit Galiläern verwandt; daher kommen auch viele Hirten von dort. Ihr wisst ja; hier in der Gegend sind viele zu stolz, um sich dafür herzugeben.«

»Wenn du das sagst ...«

»Oh ja! Meine Heimatstadt ist alles andere als reich, aber selbst dort betont man in meiner Familie gern, dass ich einige Zeit Schüler des örtlichen Pharisäers war. Dass ich Hirte bin, verschweigt man lieber.«

»Du hattest Unterricht bei Pharisäern?«

»Oh ja – zumindest eine Weile.«

»Was ist passiert?«

»Ich möchte nicht darüber reden. Es spielt auch keine Rolle. Worauf ich hinaus will: Der Priester Zacharias soll damals eben mit seiner galiläischen Verwandtschaft beschäftigt gewesen sein. Zudem war seine Frau schwanger.«

»Das ist ja fürwahr nicht ungewöhnlich, nicht wahr?«

»Schon – wenn die Frau über Siebzig ist.«

»Siebzig!?«

»So hieß es jedenfalls; gesehen habe ich sie selber nie – und den Priester auch nicht. Er war ja in Hebron, sagte man, und jene galiläische Verwandtschaft angeblich eben in Bethlehem.«

»Wegen der Volkszählung, nehme ich an? Dem Steuer-Zensus?«

»Weswegen sonst? Wie Ihr sicher wisst, hat Herodes bei der Gelegenheit für alle Bewohner von Bethlehem den Steuersatz halbiert, um die Geburtsstadt Davids und dessen Nachkommen zu ehren. Prompt eilten alle, die auch nur einen Onkel oder Urgroßvater in Bethlehem hatten, dort hin, um sich daselbst registrieren zu lassen. Wenn Ihr mich fragt: Ein plumper Versuch, sich bei uns Judäern einzuschmeicheln. Und ein sehr teurer. Aber das wisst Ihr wohl besser als ich.«

Nikolaos kann ein Schmunzeln nicht ganz unterdrücken: »Tja, so ganz wie geplant lief das bei der Volkszählung wirklich nicht. Wenn ich bedenke, wie viel Ärger wir seinerzeit mit den römischen Beamten hatten, die dabei halfen ... Wie auch immer: Also auch Verwandtschaft von jenem Priester ist angereist? Sogar aus Galiläa?«

»Ja, aus ... Wie war das? Aus Nazareth, glaube ich.«

Das amüsiert Nikolaos:»Nazareth? Was kann denn schon aus Nazareth Gutes kommen!? Oder wissen die womöglich mehr über jene anderen Hirten?«

»Wohl kaum. Die hatten auch anderes im Kopf, wenn es stimmt, was man so tratschte: Ein Mann und eine Frau, sie auch hochschwanger, und weil das Haus der Sippe in Bethlehem bereits überbelegt war, musste sie dann unten, neben den Tieren, ihr Kind zur Welt bringen. Tja, da war's wohl zumindest warm.«

Nikolaos schmunzelt:»In der Haut des Gatten möchte ich wahrlich nicht gesteckt haben.«

»Es kommt ja noch besser: Angeblich waren die beiden gar nicht verheiratet. Sie war selbst für eine jüdische Braut sehr jung; er kaum älter als ich – hieß es ...«

Darauf stutzt der Befragende sichtlich:»Und das war in Bethlehem, meinst du? Und wann genau?«

Auch der Hirte stutzt, und ehe er antwortet, blickt er sein Gegenüber fragend an:»Ihr meint doch nicht ... Das ist doch nicht Euer Ernst?«

»Warum nicht? Die Magier waren auf der Suche nach einem Kind, das just in jenen Tagen geboren werden sollte – und zwar in Bethlehem. Das ist alles, was wir wissen.«

Der Hirte schüttelt verständnislos den Kopf:»Ihr solltet es besser wissen. Der Messias, geboren zwischen Ochs und Esel!? Zudem von einer unverheirateten, halbwüchsigen Frau irgendwo aus Galiläa? Undenkbar!«

Nikolaos blickt sein Gegenüber eine Weile wortlos und nachdenklich an. Dann blättert er wieder in seinen Papieren: »Vielleicht hast du recht. Vielleicht jagen wir hier nur einem Gerücht hinterher. Einem Rechenfehler der Sterndeuter. Einem Missverständnis. Einem Übersetzungsfehler. Wie auch immer: Ich fürchte, der König wird damit nicht zufrieden sein. Also, was haben wir da? Nach dem, was wir in Bethlehem in Erfahrung bringen konnten, wurden dort im letzten Jahr siebzehn Kinder geboren. Drei sind bereits wieder verstorben; von den übrigen sind sieben Mädchen. Bleiben sieben Knaben: Einer bei einem Kleinbauern, einer bei einem Winzer, einer bei einem Töpfer, einer beim örtlichen Pharisäer, einer beim Ortsvorsteher, und zwei bei Tagelöhnern. Tja ... Ob da der andere Knabe schon dabei ist? War es überhaupt ein Junge, den jenes Mädchen gebar? Weißt du das, Juda bar Simon?«

Der Angesprochene antwortet erst nach einer Weile; zu sehr überraschten ihn die Notizen seines Gegenübers:»Angeblich ja. Aber ... Diese Liste? Wozu ...?«

Die Überraschung des Hirten überrascht wiederum Nikolaos:»Was denn? Wenn schon, denn schon. Wenn du weißt, wer ich bin, vielleicht sogar von meiner Weltgeschichte gehört hast, so solltest du auch wissen, dass ich gerne gründlich arbeite.«

»Nun, das andere Kind dürfte nicht mit dabei sein: Es hieß, der Vater – der Verlobte, der künftige Bräutigam, was auch immer – sei Zimmermann, Sohn eines Zimmermanns. Ein Tektōn, wie sie sich jüngst lieber nennen.«

»Tja, da sie auch nur vorübergehend dort waren ... Das nehme ich jedenfalls an; die Volkszählung ist ja vorbei; Gott sei Dank! Oder ... Weißt du da mehr als ich?«

»Nein. Nein; woher denn?«

»Womöglich wissen die Magier mehr. Vielleicht hat man ja auch über sie unter euch Hirten gesprochen? Jedenfalls kamen sie ja leider nicht mehr zum König zurück. Was wohl aus ihnen geworden ist ...«

Der Hirte zuckt betont gleichgültig mit den Schultern.»Wer weiß? Sicher, es wurde über sie getratscht. Es soll eine sehr reiche, prächtige Karawane gewesen sein. Der eine aus unserer Gruppe sagte, sie seien weiter nach Ägypten gezogen. Ein anderer, sie seien über den Jordan in das Reich der Nabatäer gereist. Ein dritter, sie wären nach Tyros oder Sidon unterwegs.«

»Tja, und da König Herodes sowohl mit Präfekt Turranius wie mit König Aretas im Streit liegt ... Dort sind sie für uns jedenfalls kaum erreichbar.«

Wieder zuckt der Hirte mit den Schultern. Sein Gegenüber blättert darauf eine Weile in seinen Papieren, seufzt mit demonstrativer Ratlosigkeit und schiebt schließlich die Unterlagen zusammen. »Nun gut, mein Junge: Ich denke, weder du noch ich haben etwas davon, wenn wir hier weiter machen. Entweder willst du mir nichts weiter verraten – oder du kannst es nicht.«

»Ich habe alles gesagt, was ich sicher sagen kann.«

»Wie auch immer. Nur der Form halber: Falls wir noch Fragen haben, können wir dich in deiner Heimatstadt erreichen? Das wäre ...«

Er beginnt wieder in den Papieren zu blättern, aber der Hirte nimmt ihm die Mühe ab: »Kerioth. Ihr wisst schon, etwa auf halber Strecke zwischen Hebron und Malatha. Fragt nach Juda aus Kerioth. Zumindest bis die Herden wieder ins Freie kommen, könnt Ihr mich dort finden. So wie auch diesmal.«

»Ich verstehe. Nun denn ... Mir dünkt, wir stecken in einer Sackgasse. Wir werden schon irgendetwas unternehmen, und sei es nur, um den König zu beruhigen. Aber das ist nicht mehr dein Problem.«

Nikolaos legt die Papiere ab, schiebt seinen Schemel zurück, erhebt sich und streckt dem Gefangenen die Hand entgegen. Der ist merklich überrascht: »Ihr lasst mich laufen? Kein Kerker, keine Tortur?«

»Würde das denn etwas bringen?«

»Nein, sicher nicht. Aber ... Nehmt es mir nicht übel, Herr: Wann hätte das Herodes je davon abgehalten, jemanden einkerkern, foltern oder töten zu lassen?«

»Nun, nun; du solltest wirklich nicht allem glauben, worüber man nachts unter euch Hirten so tratscht! König Herodes mag seine Schwächen haben, aber galt das nicht auch für König David?

Und hat Herodes dem Land nicht Frieden gebracht? Wohlstand? Sicherheit? Ansehen? Hat er nicht mehr Bauten errichten lassen als alle Herrscher des Hauses Haschmonaim? Vor allem den Tempel zu Jerusalem, prächtiger als selbst Salomos Tempel?«

Juda liegt offensichtlich eine Erwiderung auf der Zunge. Schließlich aber schluckt er sie runter, erhebt sich und ergreift die ausgestreckte Hand seines Gegenübers:»Sicher habt Ihr recht. Was weiß denn ich; schließlich bin ich nur ein einfacher Hirte.«

»Nun, von ›einfach‹ kann fürwahr nicht die Rede sein«, erwidert Nikolaos lächelnd, während man die Hände schüttelt. »Wie auch immer: Danke!«

»Wofür? Letztendlich konnte ich Euch nicht helfen.«

»Mag sein. Aber du hast mir ein weiteres Mal gezeigt, dass man niemanden aus dem vermeintlich einfachen Volk unterschätzen soll. Speziell unter euch Judäern. Leb wohl, Juda bar Simon!«

»Lebt auch Ihr wohl, Nikolaos Damaszenos! Wir werden uns sicher nicht wiedersehen. Aber falls doch, so hoffe ich, dass es unter angenehmeren Umständen geschieht.«

»Dem kann ich nur zustimmen.«

Nikolaos geleitet den nunmehrigen Ex-Gefangenen sogar noch zur Tür. Dort befiehlt er dem einen Posten – durchaus zu dessen Überraschung – den Hirten ins Freie zu führen.

So geschieht es. Erst am Haupttor der Festung entlässt der Posten den Hirten. Der Soldat verharrt mit aufgepflanztem Spieß am Eingang, um dem Hirten nachzublicken, wie dieser den Aufgang zum Herodion hinab steigt. Erst als er hinter der nächsten Biegung des Walls außer Sicht ist, kehrt der Posten in die Festung zurück. Juda steigt unterdessen auch weiterhin betont bedächtig die Rampe hinab, bis er an deren Fuß die kleine, zum Herodion gehörige Siedlung erreicht. Dort begibt er sich zielstrebig zur einzigen Schenke des Ortes. Vor dieser sieht er sich mehrfach um, und er späht auch in das nur spärlich bezwielichtete Innere der Restauration, ehe er diese betritt.

Drinnen werkelt der Gastwirt hinter der Theke; an dieser hocken zwei Männer, offensichtlich Soldaten außer Dienst und ebenso offensichtlich bereits schwer angetrunken. An den Tischen im hinteren Teil der Schenke sitzt nur ein Gast, wenig älter als der Neuankömmling. Er springt überrascht auf, als er den Hirten erblickt. Der tritt auf den Gast zu; man umarmt einander stumm, und dann setzt man sich einander gegenüber an den Tisch. Erst nachdem er vom Wirt einen Krug Wein bestellt und bekommen hat, wendet sich der Hirte an sein Gegenüber: »Es ist gut, dich wieder zu sehen, Uneischu.«

»Es ist auch gut, dich wieder zu sehen, Juda, mein Freund«, erwidert der andere Mann in nur schwach akzentgefärbtem Aramäisch. »Wenn ich auch etwas überrascht bin, um ehrlich zu sein. Man ließ dich also wieder gehen? Einfach so? Denn ich nehme an, du hast ihnen nichts verraten?«

Juda schüttelt den Kopf: »Nichts, was sie nicht ohnehin schon wussten – oder rasch in Erfahrung hätten bringen können. Sicher, ich bin auch überrascht, dass es so ... Sagen wir, so gesittet ablief. Glücklicherweise hat man mir nicht einen von Herodes' Folterknechten geschickt, sondern Nikolaos, den Damaszener.«

»Den Historiker? Den Philosophen?«

»Eben den.«

»Wie ungewöhnlich. Immerhin; meintest du nicht, dass man andere Hirten gefoltert hat?«

»Ja; einen davon habe ich sogar getroffen. Üble Sache – und ein anderer soll sogar gestorben sein. Aber was hat ihnen das gebracht? Die haben ihnen auch nichts verraten.«

»Mutige Männer ...«

»Ich fürchte, daran lag es weniger: Sie gehörten einfach zu anderen Herden; sie waren nicht mit dabei in unserer Gruppe an jenem Abend. Zum Glück wussten Herodes' Schergen das nicht. Als sie dann mich aufgetrieben haben, waren sie wohl schon so ratlos, dass sie etwas anderes versucht haben. Nehme ich an ...«

»Es scheint, euer Gott ist dir gnädig gesinnt. Erst das Geschehen in jener Nacht; jetzt dieses Verhör, das-«

»Ich würde es kaum Verhör nennen. Eher ein angeregtes Gespräch. Woraus ich selbst wohl mehr gelernt habe als der gute Nikolaos.«

»Umso mehr Grund, deinen Gott zu preisen.«

»Ja, sicher.«

»Und dennoch wirkst du ... Wie soll ich sagen? Nicht so begeistert, wie man es erwarten könnte. Eher nachdenklich.«

Der Hirte nimmt einen großen Schluck Wein, ehe er antwortet: »Was soll ich sagen ... Nimm es mir nicht übel, Uneischu: Du bist kein Jude; du kannst es wohl nur schwer verstehen. Wir wachsen auf in der Erwartung des Messias, des Gesandten, der uns von unseren Unterdrückern erlösen soll: Dem Haus Herodes, den Römern, den Griechen, Persern und Ägyptern ... Einfach allen. Er soll das Reich Davids wieder begründen, die Zeit zurück bringen, in denen Israel groß und mächtig war.«

»Ja, so ähnlich hat es mir Indates auch erklärt.«

»Das ist der jüngste der Magier?«

»Er hört das Wort ›Magier‹ nicht gerne. Nenn ihn lieber ›Gelehrter‹ oder ›Lehrer‹. Aber, ja, ihn meine ich. Er ist der einzige aus unserer Gruppe, der Hebräisch spricht und ließt; er hat es bei einem Leviten in Babylon gelernt. Indates hat mir während unserer Reise nach Jerusalem einiges erklärt über euer Land und eure Lehren. Aber offenbar verstand auch er das eine oder andere falsch: Schließlich fanden wir den neugeborenen König der Juden nicht in eurer Hauptstadt.«

»Da kann ich dich trösten: Viele von uns Juden hätten es auch zuerst dort versucht. Mein Lehrer ist seinerzeit mit einem anderen Pharisäer vor versammelter Schülerschar darüber in Streit geraten, wo der Messias geboren werden soll. Er zitierte natürlich die Prophezeiung des Micha, wonach er aus Bethlehem kommen solle. Der andere aber widersprach, da dort von einer Geburt nicht die Rede sei. In Frage komme nur Jerusalem; schon wegen des Tempels.«

»Nun gut. Aber bei Herodes hätte man vermutlich nicht fragen brauchen.«

Der Hirte lacht sarkastisch auf: »Nein, sicher nicht! Nicht nur, weil er eher Idumäer denn Judäer ist. Allein der Gedanke, der Messias könnte irgendetwas mit dem Haus des Herodes zu tun haben ... Nun, manche seiner Söhne oder Enkel mögen weniger grausam, weniger böse gewesen sein als er selber – aber die ließ er dann auch prompt umbringen, oder sie starben allzu zufällig allzu früh.«

»Tja, aber wo hätte man sonst anfangen sollen? Zumal Indates einen Gastfreund hat, der in der Hauptstadt für Quartier und alles weitere sorgen konnte.«

»Wie gesagt, ich verstehe, dass ihr zuerst nach Jerusalem gegangen seid. Nur hättet ihr nicht direkt Herodes verraten sollen, weswegen ihr gekommen seid. Sicherheitshalber hättet ihr es niemanden verraten sollen. Einige Reisende aus dem Zweistromland, die wären nicht weiter aufgefallen in Jerusalem – speziell um das Neujahrsfest herum.«

»Wieso das?«

»Wie du ja weißt, gibt es in Babylon auch eine große jüdische Gemeinde. Wer es sich leisten kann, reist ab und an nach Jerusalem, vor allem zu den hohen Festen. Ich sah schon manche von ihnen: Sie mögen Juden sein, doch kleiden sie sich eher wie du und deine Ma-, also wie die anderen Gelehrten. Selbst ihr Dialekt ist inzwischen der gleiche.«

Uneischu nickt nachdenklich. »Ich verstehe. Aber ich glaube, in Bethlehem wären wir dennoch aufgefallen.«

»Sicher. In solch einem Nest ...«

»Nun gut. Auch unter uns Parthern, Persern, Nabatäern und Aramäern kennt man dunkle Prophezeiungen; daher will ich nicht weiter darüber rätseln, ob oder warum euer Messias ausgerechnet

aus Bethlehem kommen soll. Aber nach dem, was ich dort sah ...
Selbst dort hätte es würdigere Häuser für seine Geburt gegeben.«

Juda bekräftigt das: »Selbst in dem Haus, wo wir ihn dann fanden, gab es bessere Räume. Wäre es uns nicht verkündigt worden ...«

Uneischu wartet darauf, dass sein Gegenüber weiter ins Detail geht – doch vergeblich. »Willst du mir noch immer nicht sagen, was ihr Hirten in jener Nacht gesehen habt?«

Juda zögert etwas, schüttelt dann aber nachdrücklich den Kopf: »Es ist ... Es ist zwar erst einige Monate her, aber manchmal kommt es mir heute schon vor wie ein Traum. So unwirklich, so unwahrscheinlich, so unbeschreiblich – und so flüchtig. Du musst mir einfach glauben, fürchte ich. Mir und den Sternlesereien von Indates und seinen Gefährten.«

Uneischu nickt nachdenklich: »Nun gut. Glauben ... Es fällt mir schwer. Aber vielleicht hat mir Indates auch deshalb die Aufgabe anvertraut, hier für eine Weile im Auge zu behalten, was aus eurem mutmaßlichen Messias denn nun wird.«

»Und vielleicht auch deswegen, weil er seiner eigenen Sterndeuterei nicht mehr traut«, ergänzt das Juda grienend. Auch sein Gegenüber kann sich dazu ein Schmunzeln nicht ganz verkneifen: »Mag sein. Jedenfalls bin ich dankbar, dass wir uns seinerzeit in Bethlehem getroffen haben und du mich unterstützt. Ich nehme an, auch du hast so deine Zweifel?«

»Wie könnte es anders sein? Einst, da hätte ich erwartet, dass der Messias selbst als Säugling schon seine Bestimmung verrät, so wie einst Samson gemäß unseren Erzählungen.«

»Samson?«

»Nun, dir sagen vermutlich eher die Legenden um Herakles etwas. Du weißt schon, jemand, der eben schon als Kind stärker ist als jeder Mann. Aber dieses Kind dort in Bethlehem ... Nun, wir werden sehen. Ich bete zum Herrn, dass wir es noch erleben, wenn er erwachsen wird.«

»›Wir‹?«

»Ich. Du. Und, vor allem: Er.«

»Verstehe. Ich nehme an, er ist mit seinen Eltern weiterhin in Ägypten?«

Juda nickt:»Das habe ich zumindest aus der Sippe des Zacharias gehört. Er hat wohl vor einigen Wochen einen Brief bekommen vom Vater. Genauer gesagt, schrieb der an einen Leviten aus Jerusalem, einen Freund des Zacharias. Man kann nicht vorsichtig genug sein! Jedenfalls werden sie wohl in Ägypten bleiben, bis sich die Aufregung wegen dieser Geschichte gelegt hat – oder bis Herodes da oben begraben wird.«

Dabei daumendeutet er in Richtung Herodion. Sein Gegenüber nickt schmunzelnd.»Nun, der König ist alt. Aber ob seine Söhne besser sind ...«

»Wenn bis dahin noch welche am Leben sind ...«

»In der Tat. Nun denn ... Aber ich frage mich, ob ich bis dahin hier ausharren soll? Einige Wochen oder Monate sind ja in Ordnung, aber Jahre ... Ich werde Indates in meinem nächsten Brief danach fragen. Schließlich, wenn sie jetzt auch dich freigelassen haben, dürfte die Suche nach dem Kind im Sande der judäischen Wüste verlaufen.«

»Sieht so aus. Wo sind Indates und seine Freunde-«, begann Juda, ehe er sich selbst unterbricht.»Nein, sag es mir lieber nicht: Ich weiß eh schon zu viel, das ich irgendwann doch verraten könnte.«

»Nun, wenn du es bisher nicht getan hast ...«

»Beten wir zum Herrn, dass ich nicht ein weiteres Mal versucht werde«, befindet Juda, worauf er den letzten Rest aus seinem Kelch leert.»Niemand soll mich je einen Verräter nennen können! Aber nun ... Ich möchte hier nicht warten, bis es sich Nikolaos und seine Schergen womöglich anders überlegen. Warten die Maultiere im Stall?«

58

»Natürlich. Ganz deiner Meinung; dieses Nest am Fuße jener monströsen Festung ist einfach bedrückend. Sagen wir beim Wirt Bescheid, und dann nichts wie weg!«

Die beiden erheben sich, begleichen die Rechnung und verlassen die Schenke. Eine Tür weiter macht sich dann Uneischu daran, seine Siebensachen zu packen, während Juda vor der Tür wartet. Er lauscht, wie unten der Wirt die Reittiere anschirrt und oben sein Begleiter packt; gleichzeitig blickt er zu dem mächtigen Kegel des Herodion hinauf, der das Nest überragt. Dabei bemerkt er, dass am Eingang mehr Betrieb herrscht als üblich. Als dann der Wirt die zwei Maultiere aus dem Stall heraus führt, bittet ihn Juda, seinem Freund auszurichten, dass er in Kürze zurück sein wird; dann huscht er in Richtung Festung davon.

Der Wirt blickt ihm etwas ratlos nach, bis er um die nächste Hausecke verschwindet. Kurz darauf kommt auch schon Uneischu aus dem Haus. Er wundert sich ein wenig über Judas Nachricht, fragt aber nicht nach; stattdessen lädt er dem einen Maultier sein recht bescheidenes Gepäck auf. Kurzentschlossen kauft er beim Wirt noch einige Feigen für unterwegs, und als dieser die Früchte bringt, kehrt auch bereits Juda zurück – deutlich eiliger, als er gegangen ist: »Schnell, schnell: Wir müssen los, nach Bethlehem! Wir müssen sie warnen!«

»Wollten wir Bethlehem nicht umgehen?«, wundert sich Uneischu, der gerade den Wirt bezahlt, während Juda schon das zweite Maultier besteigt. »Schnell, schnell!«, wiederholt er nur, während er bereits davon galoppiert – soweit das eben auf einem Maultier möglich ist.

Uneischu folgt ihm, so schnell er kann, holt seinen Begleiter aber erst ein, als man die Hauptstraße erreicht. Dort stoppte Juda recht abrupt, da im gleichen Moment ein Trupp von etwa zwei Dutzend Soldaten in vollem Galopp die Straße entlang reitet.

»Die haben's aber eilig«, wundert sich Uneischu. »Wo die wohl hin wollen?«

»Nach Bethlehem«, murmelt Juda derart leise, dass ihn der andere kaum versteht. »›Irgendetwas unternehmen‹, sagte er ... Ich hätte es ahnen müssen! Zu spät ...«

»Nach Bethlehem? Woher weißt du das? Und wofür ist es zu spät?«

»Während du gepackt hast, sah ich, dass sich da ungewöhnlich viele Soldaten vor dem Herodion sammelten«, erklärt Juda, während er der Staubwolke nachblickt, die jener Trupp aufwirbelt. »Ich habe mich so nahe wie möglich herangeschlichen, und da sah ich, dass es eine Einheit von Herodes' kretischen Söldnern ist.«

»Kreter?«

»Ja, von der Insel. Schön König David hat sich ihrer bedient, und zumindest in der Hinsicht ist Herodes dessen würdiger Erbe. Auch er benutzt diese Söldner für Dinge, für die sich ein judäischer Soldat nie hergeben würde. Selbst kein Nabatäer oder Aramäer. Entschuldigung; nicht persönlich gemeint.«

»Schon klar. Aber ... Was für ›Dinge‹?«

»Nikolaos selbst hat sie instruiert. Was er ihnen befahl ... Sie sprachen Griechisch, und ich war nicht nah genug dran. Aber trotzdem; einiges habe ich verstanden: Sie sprachen von ›Bethléem‹ und ›tá tékna‹.«

Uneischu versteht, begreift aber noch nicht: »Bethlehem? Kinder? Was bedeutet das?«

»Ich habe außerdem gesehen, dass Nikolaos dem Führer des Trupps ein Blatt Papyrus reichte – ein Zettel, den ich beim Verhör ebenfalls sah. Eine Liste mit allen Kindern, die in den letzten Monaten in Bethlehem geboren wurden.«

Jetzt begreift Uneischu: »Das heißt ... Nein, das kann nicht sein!«

»Ich wünschte, du hättest recht! Aber wir reden hier von König Herodes, einem Mann, der seine Frau und mehrere Söhne töten ließ. Meinst du, er würde auch nur einen Herzschlag zögern, ein paar Kleinkinder ermorden zu lassen, falls er damit den künftigen Erlöser Israels beseitigen kann?«

Uneischu widerspricht nicht: »Ein paar Kleinkinder ... Von wie vielen reden wir?«

»Wie war das ... Ja, richtig: Nikolaos sprach von sieben. Sieben Knaben. Und sieben Mädchen. Ich fürchte, diese Kreter werden es nicht so genau nehmen: Lieber ein Kind zu viel als eines zu wenig.«

Uneischu blickt der am Horizont verschwimmenden Staubwolke nach: »Und keine Zeit mehr, die Leute zu warnen.«

Juda schüttelt fassungslos den Kopf: »Nikolaos ... Entweder fürchtet er Herodes so sehr, oder ...«

»Oder er ist eher ein Kyniker denn ein Peripatetiker«, ergänzt das sein Begleiter. »Tja ... Aber das Kind, das sie suchen, werden sie dort nicht mehr finden.«

Juda nickt langsam: »Doch ich zögere, darob den Herrn zu preisen. Ein Leben, erkauft durch vielleicht ein Dutzend anderer Leben? Hätte ich das gewusst ... Hätte ich die Wahl gehabt ...«

Uneischu mustert seinen Freund verwundert: »Was dann? Hättest du ihn doch verraten? Selbst wenn du gewusst hättest, dass er einst euer Messias sein könnte?«

»*Vor allem*, wenn ich das gewusst hätte«, widerspricht Juda. »Der Messias würde niemals wollen, dass andere für ihn sterben.«

»Er würde lieber selbst sterben? Das kannst du doch nicht meinen!?«

»Nein ... Ich meine ... Wenn ... Ach, ich weiß es doch auch nicht.«

Noch eine Weile sitzen die zwei Reiter wortlos nebeneinander an der Straßenecke. Schließlich treibt Uneischu sein Tier wieder an: »Nun, es bringt nichts, hier in der Sonne herum zu sitzen. Weg hier!«

Juda zögert noch einen Moment, dann folgt er seinem Freund. Erst als man wieder auf gleicher Höhe ist und den Ort schon hinter sich hat, wendet er sich erneut an Uneischu: »Ich nehme an, du hast den Wirt für uns beide bezahlt? Was bin ich dir schuldig?«

»Vergiss es! Indates hat mir genug Geld geschickt. Ich habe jetzt noch ... Ja, genau dreißig Tyros-Schekel.«

»Dreißig Silberlinge?«, staunt Juda. »Ja, das sollte eine Weile reichen. Dafür könnte man sogar schon einen Sklaven kaufen – oder einen Verrat erkaufen ...«

Uneischu blickt seinen Begleiter fragend an, hakt aber nicht nach.

Weihnachtszauber

Der Weihnachtsmarkt am Schloss Wilhelminenberg am Rand von Wien. Über gedämpften Gesprächen und weihnachtlicher Musik im Hintergrund nähert sich das Klappern einer mäßig gefüllten Sammelbüchse.

Nikolo: Eine Spende, der Herr? Zwei Euro vielleicht?

Hansa: Da schau her, der Weihnachtsmann! Dachte, es ist *dein* Job, Geschenke zu bringen. Oder?

Nikolo: Sicher. Aber von irgendwas muss der Weihnachtsmann ja auch all die Geschenke kaufen, gell?

Hansa: Verstehe. Und an wen gehen dann die Geschenke – wenn nicht an mich?

Nikolo: An die Gruft, die Obdachlosen-Hilfe eh hier in Wien. Die kennen sicher auch Sie?

Hansa: Wer nicht? Aber dass ich selbst hier oben angebettelt werde ... Okay, beim Weihnachtsmarkt am Karlsplatz, am Rathausplatz, da wundert mich das nicht – gar nicht zu reden von der Mahü. Aber hier draußen, beim Weihnachtszauber am Schloss Wilhelminenberg? Dachte, hier könnte ich mal eine halbe Stunde am Punschstand stehen, ohne angeschnorrt zu werden – speziell wenn's so winterlich ist wie heut.

Nikolo: Tja, und *ich* hoffte, hier ein paar große, offene Herzen zu finden.

Hansa: Will sagen, große, offene Geldbörsen?

Nikolo: Ja, das auch, ehrlich gesagt. Die Sandler aus Wien werden kaum hier rauf laufen, um sich an den paar Buden zu wärmen. Das haben Sie sich also auch gedacht, gell, Herr Hansa?

Hansa: Was ... Sie kennen mich?

Nikolo:	Sicher kenne ich Sie: Andi Hansa, Chef des größten Autoverleihers Österreichs. Ich habe mal in einer Ihrer Reparatur-Werkstätten gearbeitet.
Hansa:	Habe?
Nikolo:	Ja. Bis zu jenem Sturz ... Seitdem ist meine Rechte steif; sehen Sie?
Hansa:	Tut mir leid; ehrlich. Aber ... Was ist mit der Versicherung?
Nikolo:	Oh, das Krankenhaus wurde schon bezahlt. Aber nicht die Physiotherapie, und ohne das ... Nur mit der Linken repariert sich's schlecht. Gut, ich will nicht leugnen, dass ich danach so meine Problem mit dem Alkohol, der Versicherung und dem AMS hatte. Wie auch immer: Ich landete irgendwann selbst zuerst auf der Straße, dann in der Gruft.
Hansa:	Tja, wie gesagt: Tut mir leid. Dann wird es Sie freuen zu hören, dass ich monatlich für die Caritas spende.
Nikolo:	Echt?
Hansa:	Klar. Glauben Sie mir etwa nicht?
Nikolo:	Na ja ... Schließlich ist Ihr Wahlspruch ›Ich habe nichts zu verschenken‹, gell? Sie als Großspender ... Nehmen Sie's mir nicht übel, Herr Hansa: Aber das kann ich mir kaum vorstellen.
Hansa:	Von Großspender habe ich nie was gesagt.
Nikolo:	Nun gut. Dann können Sie jetzt Ihre Spende etwas aufstocken. Es ist noch Platz in meiner Büchse.
Hansa:	Wer bin ich, Ihre Klischee-Vorstellungen zu zerstören? Nein!
Nikolo:	He, allein das Häferl-Pfand beträgt hier drei Euro.
Hansa:	Und am Maria-Theresien-Platz vier Euro. Versuchen Sie's doch dort!
Nikolo:	Wollen Sie mich pflanzen?

Hansa:	Liegt mir fern! Und das leere Häferl nehme ich selbst mit: So; jetzt erst recht!
Nikolo:	Na dann ... Schöne Heimfahrt, Herr Hansa!
Hansa:	Danke; und Ihnen noch viel Erfolg! Wiederschauen!
Nikolo:	Wiederschauen! *(Zu sich selbst:)* Oder auch nicht ... Wusste ich's doch, dass der Jaguar am Parkplatz seiner ist! Dass er den immer fährt – wo man da so leicht an die Bremsleitungen ran kommt, selbst mit nur einer Hand. Und die Heimfahrt, immer den Berg runter, über die Schneereste ...
Hansa:	*(Von weit her:)* Bitte? Sagten Sie noch was?
Nikolo:	*(Wieder lauter:)* Nein, nein, Herr Hansa: Frohes Fest – und schon mal guten Rutsch ins neue Jahr!

»Was tust du!? Warum? Warum gleich *alles*? Luc, du ... du Crétin! Merde ...«

Der derart Beschimpfte blickt überrascht auf, als die Frau vom akzentgefärbten Englisch ins Französische wechselt. Nach den gemeinsamen Monaten in der Forschungsstation ›Aurora‹ weiß Luc aber, dass die Russin kaum mehr als jene zwei Worte aus seiner Sprache beherrscht; so antwortet er gleich auf Englisch: »Was blieb mir anderes übrig, Ivana? Ich brauchte einen Frostschutzmittel-Ersatz, und im Umkreis von 500 Kilometern, da gab's nur deinen Wodka. Beschwer dich bei Matthias: Wäre da nicht das Leck im Frostschutz-Tank-«

»He, was soll das?«, unterbricht ihn da eine Stimme mit deutschem Akzent. »Was unterstellst du mir da?«

Der Sprecher lag am anderen Ende des Raumes unter einem Generator; auf die Bemerkung des Franzosen hin hat er sich jedoch so rasch aufgerichtet, dass er mit dem Kopf fast an den Blechboden des Gerätes gestoßen wäre. Seine unkollegialen Kollegen wenden sich darauf vom fast leeren Lagerregal ab und dem Deutschen zu; dabei entgeht ihnen nicht der im kalten Neonlicht blinkende Schraubenschlüssel in Matthias' Hand.

Luc gibt dennoch nicht klein bei: »Die Tanks sollten *dein* Job sein; ist es nicht so? Habe ich-«

»Kommt, Leute; bleibt cool: Die Lage ist übel genug; was bringt es, sich an die Kehle zu gehen?«

Luc dreht sich zur Tür um, von wo aus er diesmal unterbrochen wurde. Ehe der Franzose antworten kann, beschwert sich aber Ivana: »Kehle ist gut: Womit sollen wir jetzt unsere Kehle befeuchten zur Feier des Tages? Womit? All meinen Wodka hat Luc als Frostschutzmittel missbraucht: Alles; die ganzen 10 Liter!«

»Das sollte bis zum nächsten Versorgungs-Flieger in drei Wochen reichen«, rechtfertigt sich Luc. »Falls es nicht wieder 40 Grad Frost gibt wie letzte Woche.«

Ivana aber ist uneinsichtig: »*Einen* Liter hättest du aufheben können – einen Liter nur, bis morgen, bis Weihnachten. Wenn ich mich schon nach euerm Kalender richten muss ... Schließlich ist die ›Aurora‹ in russischem Gebiet!«

»Ist nicht so sicher«, bemerkt der Neuankömmling. »Mit GPS-Empfang sieht's immer noch düster aus; kann sein, dass wir längst in von Norwegen beanspruchten Gewässern sind.«

Luc tritt darauf an das einzige Fenster in dem kreisrunden Raum. Eine Weile starrt er ins Zwielicht; dann blickt er kopfschüttelnd auf die Uhr: »11 Uhr vormittags und stockdunkel! Wenn die Sonne raus käme, könnte ich ganz klassisch per Sextant unsere Position bestimmen.«

Ivana lächelt spöttisch: »Darauf kannst du lange warten: Zwei Monate – oder drei, falls wir dem Nordpol noch näher kommen!«

»So wäre die ›Aurora‹ immerhin erfolgreicher als Nansens ›Fram‹«, befindet Matthias. »Bei seinem Drift-Versuch kam er längst so weit nach Norden.«

»Na wunderbar!«, höhnt Ivana. »Dann können wir ja auch gleich Santa Claus besuchen und Geschenke abholen. Sagt man bei euch Amis nicht, dass der am Nordpol wohnt, Mark?«

Ihr Kollege winkt grinsend ab: »Einen Vogel für morgen haben wir doch; genug Mehl für Knödel findest du sicher noch, Matthias?«

Der Angesprochene nickt fröhlich: »Klar! Rotkraut-Konserven, davon ist ebenfalls noch genug da.«

»Und für Silvester habe ich eine Flasche echten Champagner im Keller«, ergänzt dies der Franzose.

Ivana fasst es nicht: »Champagner? Und warum benutzt du nicht den als Kühlmittel?«

»Zuwenig Alkohol; zuviel Kohlensäure; das würde nie funktionieren.«

Mark nickt zufrieden:»Na also. Und wie steht's mit Gas für den Kocher, Matthias?«

»Das ist auch kein Problem: Bei dem Sturm in den letzten Tagen konnten wir ja keine Messballons starten; so haben wir auch weniger Gas verbraucht.«

Luc blickt unterdessen wieder zum Fenster hinaus:»Der Wind flaut ab; die Prognose ist günstig; da sollte es morgen eigentlich wieder möglich sein.«

Daraufhin wirft Matthias den Schraubenschlüssel krachend in den Werkzeugkasten:»Dann mache ich mich mal gleich ran; es ist noch einiges vorzubereiten für die Starts. Und bestimmt muss ich wieder einen Meter Schnee von der Dachluke schippen!«

Er eilt die Stahltreppe hinauf, die an einem Viertel der Wand empor steigt, und auch seine Kollegen machen sich wieder an die Arbeit.

Den Rest des Tages über erledigt jeder der vier Überwinterer seine Aufgaben: Luc kümmert sich um Aggregate und Elektronik, Matthias um die wissenschaftlichen Apparaturen, Ivana um medizinische Fragen sowie biologische Tests, und Mark unternimmt einige Ausflüge in die Umgebung. Eigentlich zählen Positionsbestimmungen sowie die Kommunikation mit der Außenwelt zu seinen Jobs; beides ist aber eben derzeit nicht möglich. Es ist längst Nacht, als sich die vier im dritten Stock der Station zur Ruhe begeben – wobei es einen Tag im üblichen Sinne des Wortes gar nicht gab.

Am nächsten ›Tag‹ – dem 24. Dezember – herrscht vorerst erneut Routine: Tatsächlich hat sich das Wetter gebessert, und die wenigen Stunden, während derer sich im Süden eine Dämmerung andeutet, nutzt Mark voll aus: Er führt Reparaturen durch; er räumt den Hubschrauber-Landeplatz frei und dreht eine Runde mit dem Schneemobil. Letzteres hat eher Testzweck-Charakter; seit dem jüngsten Sturm misst die Eisscholle, auf welcher die Station durch das Polarmeer treibt, nur noch ein paar Hundert Meter; aus der Luft gesehen, wirkt der Zylinder der ›Aurora‹ wie das Achsen-Ende, um welches das arg unrunde Rad der Eisscholle träge in der Strömung rotiert; dabei stößt es andauernd gegen die Nachbar-Schollen, zwischen denen das Meer zu erahnen ist.

In der Station bemüht sich Luc um die Reparatur der Kommunikations-Einrichtungen – vorerst freilich vergeblich; daher ist es ihm durchaus recht, als ihn Ivana im Rahmen des Fitness-Programms zu einer Pause nötigt: So kann er auf dem Laufband seinen Frust abstrampeln.

Am aktivsten dürfte Matthias sein: Er will er an diesem Tag mindestens ein Dutzend Messballons aufsteigen lassen. So ist er stundenlang im Obergeschoss der Station mit den Vorbereitungen beschäftigt; lediglich gegen Mittag macht er eine Stunde Pause: Schließlich fungiert er meistens auch als Stations-Koch, und als solcher bringt er rasch eine Tomatensuppe auf den Tisch; das eigentliche ›Festessen‹ ist für den Abend geplant.

Im Laufe des Nachmittages haben alle Überwinterer ihr Erfolgserlebnis: Mark gelingt es, auch das zweite Schneemobil flott zu machen; Luc empfängt über eines der Funkgeräte zumindest wieder statisches Rauschen, und Matthias kann mit Ivanas Hilfe sogar 24 Messballons starten. Nachdem er gecheckt hat, dass der Empfänger die Signale sämtlicher Ballons plangemäß empfängt und speichert, begibt er sich beruhigt in die Stationsküche zwei Stockwerke tiefer.

»Was für'n Glück, dass ich den Empfänger Luc nicht zum Ausschlachten überlassen habe«, bemerkt er, während er die erste Rotkohl-Büchse öffnet. »All unsere Messreihen wären unvollständig.«

Ivana, die gerade das Gas aufdreht, nickt: »Und selbst falls das Funkgerät wieder funktioniert: Glaubt der ernsthaft, irgendwer kommt uns in den nächsten Tagen zu Hilfe? Wohl kaum; frühestens nach dem Fest – nach dem Weihnachtfest gemäß dem *russischen* Kalender.«

»Nun, ich hoffe mal, dass wir bis dahin weder verhungern noch erfrieren werden«, konstatiert Matthias, als er den ersten Topf auf den Herd stellt.

»Höchstens Verdursten«, ergänzt dies die Russin seufzend. »Eine Rotweinsoße zum Geflügel, einige Beilagen, das wäre das Mindeste. Es müssen ja nicht zwölf Gänge sein.«

Eigentlich hätte die letzte Proviant-Lieferung eine spezielle Weihnachtsgabe sein sollen: Mit Gans, Truthahn und Hühnchen, um es allen recht zu machen; so hätte Ivana das traditionelle Heilige Mahl mit seinen zwölf Gängen zubereiten können. Daran war nicht mehr zu denken, als jene Lieferung den Unbilden der Witterung zum Opfer fiel; ebenso haben sich alle Diskussionen erledigt, welche Weihnachtsbräuche denn nun beachtet werden sollen: Es gibt keinen Tannenbaum, keine Kerzen, keine Socken am Kamin, kein Glockengeläut und keine festlich gedeckte Tafel. Zur Feier des Tages breitet Matthias lediglich die Plastikhülle eines defekten Messballons auf den Esstisch aus, und Luc hat aus einigen LEDs eine bescheidene Lichterkette gelötet. Während Matthias sich nun um Kraut und Knödel kümmert, befasst sich Ivana mit dem einzigen Geflügel, das die Küche zu bieten hat: Einige Tage zuvor war eine verirrte Heringsmöwe auf der Scholle gelandet. Dies hat vor allem Mark überrascht, denn seines Wissens ward noch nie ein Exemplar von *Larus fuscus* so weit nördlich gesichtet. Als er das Tier fand, hatte sich dieses freilich bereits in Tiefkühlkost verwandelt; daher war vor allem Luc skeptisch bezüglich der ›Verwertbarkeit‹. Nach der Untersuchung durch Ivana wurde das Tier aber als essbar deklariert.

Als es draußen dunkel ist – beziehungsweise noch dunkler als vorher – läutet Matthias zum Essen, indem er mit dem schwersten Schraubenschlüssel gegen eine Gasflasche gongt. Dies ist unüberhörbar, und weder Luc noch Mark lassen sich lange bitten. Nach den letzten kargen Wochen ist selbst Luc voll des Lobes über das Mahl. Speziell die Möwe erweist sich als positive Überraschung; man ist sich höchstens uneins, ob sie eher nach Hühnchen schmeckt oder Truthahn. Auch Kraut und Knödeln wird herzhaft zugesprochen.

Nach dem Essen ist der Champagner dran, und da erreicht bei Ivana die Festtagsstimmung ihren Höhepunkt. Mark ist kühn genug, ein gemeinsames Liedersingen anzuregen; dafür jedoch fühlen sich die anderen noch zu nüchtern – oder zu unmusikalisch. Mark jedoch gibt nicht nach, und er bietet eine Wette an: Falls es ihm gelingt, über das zumindest wieder empfangsbereite Funkgerät einen Sender mit Weihnachtsliedern zu empfangen, dann sollten alle mitsingen – egal, ob es nun ein russischer, kanadischer, norwegischer oder gar isländischer Sender ist. Darauf lassen sich die anderen ein; schließlich ist sogar unter günstigen Umständen die Zahl der empfangbaren Sender sehr limitiert.

So begibt sich Mark zum Funkgerät am anderen Ende des Raumes. Er schaltet es ein und dreht am Suchknopf, doch alles, was man hört, ist Rauschen und Knacksen.

»Ich sagte doch, dass das so nicht funktionieren dürfte«, bemerkt Luc dazu. Er lächelt melancholisch; plötzlich aber erstarrt er: »Stopp! Dreh noch mal zurück, Mark! Was war das eben?«

»Was; all das Knacken und Knirschen? Irgendwelche atmosphärische Störungen, die-«

»Nicht *irgendwelche* Störungen: Das dürfte was anderes sein!«, ruft Luc aus. Als er gleich darauf die Treppe hinunter und zum Ausgang eilt, stürzt ihm zuerst Ivana nach: »Das kann doch nicht der Alkohol sein? Das bisschen Sekt? Luc, lass das; was soll das? Draußen sind 25 Grad unter Null!«

»Inselkoller; das hat er!«, vermutet Matthias, der auf der Treppe zu Ivana aufschließt. Aber auch er kommt zu spät, um seinen Kollegen aufzuhalten, und Mark friert gleich auf halber Höhe der Treppe ein: Denn sobald Luc die Tür aufreißt, schwellt ein eiskalter Luftzug durch das Untergeschoss der Station.

Matthias hat sich noch nicht entschieden, ob er die Tür lieber gleich wieder zuknallen oder seinem Kollegen nacheilen soll, als Luc den anderen etwas zuruft:»Kommt schnell; das müsst ihr sehen!«

Die anderen ziehen zuerst Jacken an; dann aber zögert Ivana. Sie eilt zurück in die Wohnräume, während die anderen zwei in die Weih-Nacht hinaus stiefeln. Dort sieht Mark sofort, was Luc begeistert:»Nordlicht ... So sah ich das noch nie, so sattgrün!«

Matthias nickt:»Aurora Borealis; na klar! Und das Grün in den Bändern, das ist der Sauerstoff.«

Einige Minuten schweigen die Männer; dann stößt Ivana zu ihnen. Auch sie blickt nach oben, mag aber ihren Augen nicht so recht trauen:»Seht ihr das auch? Diese Zacken, meine ich?«

Sie deutet auf die welligen, spitz zulaufenden Formen, welche die Bänder des Nordlichtes vor dem Sternenhimmel beschreiben. Da erkennt es auch Matthias:»Tatsächlich; wie ... Wie Zweige: Zweige eines Tannenbaumes!«

»Sag mal, Matthias: Hast du das da heute in die Soße getan?«

Der Deutsche blickt verwundert auf das Fläschchen in der Hand der Russin:»Die Sojasoße? Ja, klar. Die Auswahl war nicht groß.«

Ivana fragt sich, auf welche Weise wohl das kyrillisch beschriftete Fläschchen mit der LSD-Lösung aus der Apotheke in die Küche geraten ist. Dann aber wirft sie es schulterzuckend fort, als sie Mark fröhlich grinsen sieht:»Doch noch ein Weihnachtsbaum! Das also stört den Funk. So viel statische Elektrizität ... Da braucht's glatt einen Blitzableiter.«

Nach einigen Minuten der Kontemplation dreht sich Luc zu den anderen um: »Sag, Matthias: Empfängst du noch Signale von den Ballons? Unter diesen Bedingungen würde mich das wundern.«

Der Angesprochene erschrickt: »Vorhin hatte ich ein gutes Signal, aber, klar, bei diesen Störungen ... Da kann ich von Glück sagen, wenn es keine Kurzschlüsse in den Sendern gibt.«

Das lässt Mark aufmerken: »Kurzschlüsse? Bei Kunststoff-Ballons, gefüllt mit Wasserstoff? Keine gute Kombination!«

»Ich weiß, aber Helium taugt halt nicht zum Kochen.«

Zugleich deutet Ivana wieder gen Himmel: »Seht mal; seht doch! Ist das etwa ...«

Darauf sehen auch ihre Kollegen den halbmondkleinen Feuerball, der zwischen den Zweigen des Nordlicht-Baumes entflammt.

»Mein Ballon ...«, murmelt Matthias nur schwach.

»Mach dir nichts draus«, tröstet ihn Mark. »Sind ja noch 23 übrig.«

Kaum sprach er dies aus, da erscheint eine zweite Flamme, und in den nächsten Minuten entzünden sich insgesamt 24 Lichter zwischen den Zweigen des himmlischen Tannenbaumes.

»Wie lange die brennen!«, staunt Ivana. »Oder halluziniere ich auch schon?«

»Die Höhe, und die dünne Luft, das könnte ...«, murmelt Luc; ansonsten schweigt das Quartett andächtig. Schließlich frischt der Wind auf; die Lichter verlöschen, doch dafür singt es in den Drähten der Antennen, die das Dach der Station zieren.

Ansonsten herrscht Stille – bis auf das Plätschern der Wellen, das Säuseln des Windes und das Knacken der Schollen. Endlich aber erlauscht Mark ein weiteres Geräusch: »Dieses Knattern; hört ihr das?«

Fast gleichzeitig rennen alle in die Station und zum Funkgerät. Mark kurbelt hektisch am Empfänger, und dann hört man ein fast ungestörtes Signal: »... Ihre Signale gesichtet. Falls Sie uns hören: Wir landen jetzt; До скóрого!«

»Die Marine; die Flieger der russischen Marine!«, jubiliert Ivana. »Sie sahen die Flammen!«

»Engel der etwas anderen Art ..«, murmelt Matthias, doch das hören die anderen drei schon nicht mehr. Als er seinen Kollegen nach draußen nacheilt, setzt bereits ein Helikopter auf dem Landeplatz auf, während zwei weitere Flieger über der Station kreisen. Sie veranstalten ein höllisches Getöse, doch in den Ohren der Überwinterer klingt dies lieblicher als der Flügelschlag der himmlischen Heerscharen.

Es kommt ein Schiff, geladen ...

Der Herr gab uns das Salz, um für uns zu sorgen,
aber er versteckte es zwischen Bergen und Seen,
auf dass wir demütig seien und nicht stolz.
(Mittelalterliches Sprichwort aus Hallstatt/ Saliminia)

»Die Lichter; die Lichter ... Achte auf die Irrlichter, Trautwin! Über dem See ... Der See ...«

Die Frau dreht sich sofort zu der Kammer um, als aus dieser heraus jene heiseren Schreie ertönen. Rasch aber werden die Rufe leiser; die letzten Worte sind kaum noch verständlich, und dennoch lauscht die Frau weiter. Als nur noch ein schwaches Stöhnen folgt, spielt die Frau mit dem Gedanken, den verschlissenen Vorhang vor der Tür beiseite zu schieben und die Kammer zu betreten. Zumindest mutmaßt dies der Mönch, mit dem die Frau gerade sprach: »Bemühe dich nicht, meine Tochter: Bruder Tobias tut für Feva gewiss alles, was er vermag. Vor einigen Jahren rettete er zwei Fischern am Flusse Danubius das Leben; sie waren länger im Wasser als dein Gatte. Dennoch sollten wir zum Herrn beten, auf dass er dem Kranken Kraft gibt und Bruder Tobias Weisheit – auf dass es Feva besser ergehe als seinem Vetter Hunulf. Hätte dieser mir erlaubt, ihn zu taufen, so wäre er erlöst und im Himmelreich. So aber ... Und da auch Feva noch Heide ist, wie so viele hier in Saliminia ...«

Diesen Gedanken zu beenden, überlässt der Kuttenträger der Frau. Ihre Tränen bezeugen das erwartete Ergebnis: »Ich versuchte ja, ihn zu bekehren, Bruder Severin: Immer und immer wieder, seit Ihr mich letztes Frühjahr getauft und gerettet habt. Aber Feva ist so stur ... Er meinte, Balder, Rosmerta und Merkurius halfen ihm bisher auf seinen Fahrten; Gaben für einen vierten Gott kann er sich nicht leisten.«

Ungläubig glotzt der Mönch die Frau an. Als ihm klar ist, dass sie nicht scherzt, reißt er sich die Pelzkappe vom Kopf, um sich die wenigen Haare zu raufen, die der Tonsur nicht weichen mussten: »Balder, Rosmerta und Merkurius? Und der Herr Jesus Christ als vierter Gott!? Heiliger Thomas, steh mir bei! Kein Wunder, dass er glaubte, Irrlichter würden ihm den Weg durch das Eis weisen. Aber wieso sollte er auf so etwas vertrauen? Heißt es nicht in euren Fabeln, dass jene Erscheinungen die Menschen in die Irre führen?«

»Nicht in dieser Gegend«, korrigiert ihn die Frau. »Hier glaubt man, dass Irrlichter Geister von Ertrunkenen sind, die ihre Nachfahren sicher über den See von Saliminia lotsen – insbesondere im Winter, und insbesondere in den Nächten rund um die Wintersonnenwende. Meine Großmutter Giso, nach er ich benannt bin, erzählte mir selber davon: Einst verirrte sich ihr Vater im Nebel auf dem See, und er drohte auf die Felsen am östlichen Ufer aufzulaufen. Dann aber zeigten ihm Irrlichter den rechten Weg, und so fand er das Nordende des Sees, wo das Salz für die Fahrt auf der Druna umgeladen wird. Es war wohl auch gerade die Christnacht – nur wusste er davon natürlich noch nichts; Gott gebe seiner Seele Frieden!«

Wieder blickt der Mönch die Frau einen Augenblick starr an, ehe er antwortet. Obwohl die Frau vor ihm etliche Jahre älter ist als er, spricht er nun mit ihr wie mit einem Kind: »Amen! Aber ... Glaubst du an solche Dinge, meine Tochter?«

»Nein!«, erwidert die Frau erschrocken. »Es ist nur ... Das erzählte mir halt die Großmutter, und es gibt ja manch ähnliche Geschichte hier am See von Saliminia – speziell unter denen, die vom Salz-Abbau und -Handel leben.«

»Was wohl fast alle hier sein dürften?«

»Ja. Was bleibt uns auch übrig? Es ist kaum Platz genug da, um unsere Häuser am Berghang zu errichten; schon gar nicht für Ackerbau oder Viehzucht. Salz aber braucht jeder; es wird gut bezahlt, und meistens verläuft die Fahrt über See und Fluss ja ohne Probleme – auch ohne Irrlichter. Meint Ihr, dass diese Erzählungen nichts als Fabeln sind? Was sonst könnte Feva dazu gebracht haben, mit einem Boot voller Salz auf den See hinaus zu fahren? Bei Nacht und Nebel und mit so viel Eis auf dem See, wie es selbst die Ältesten in Saliminia nie sahen? Als Salz-Schiffer sind Feva, Trautwin und Hunulf ja sicher keine Feiglinge. Aber tollkühn? Nein, das nicht.«

Der Mönch zuckt verächtlich mit den Schultern: »Mein Kind, die reine Gier dürfte Grund genug sein. Durch den langen, harten Winter ist es seit Wochen nicht mehr möglich, das Salz aus den Minen oben am Berg über den See zu verschiffen. Hätten es Feva und seine Vettern bis zur Druna geschafft, so wären sie wohl auch bis Ovilava gelangt, und auf dem Markt dort hätten sie für ein Pfund Salz gewiss das Vier- bis Fünffache des üblichen Preises erzielt.«

Nun ist es an der Frau, ihr Gegenüber fassungslos anzustarren. Dann schlägt sie die Hände vors Gesicht: »Nur aus Gier? Welch eine Sünde ... Es ist doch eine Sünde, Bruder Severin?«

»Johannes Cassianus, mein Lehrer, bezeichnet die Gier – Avaritia – sogar als Todsünde. Und dazu noch in der Heiligen Nacht ...«

»Oh, all ihr Heiligen, helft!«, schluchzt die Frau. »Und dabei zogen wir doch letzte Nacht über den See, um die heilige Jungfrau um ein Ende des Frostes zu bitten, hier nebenan, in Eurer Kapelle. Schließlich musste Maria ja selbst bei der Geburt unseres Herrn erfahren, was es heißt, Wind und Wetter ausgesetzt zu sein.«

»Wo du davon sprichst: Wie kamt ihr auf den Gedanken mit der Prozession?«

»Durch Euch, Bruder Severin. Erzähltet Ihr uns nicht letzten Sommer von den Wundern, die bei den Prozessionen des Heiligen Johannes von Antiochia geschahen? Wie durch einen Bittgang um die Mauern von Byzanz eine Flut abgewendet wurde?«

Der Mönch zögert kurz, ehe er antwortet: »Gewiss, etwas in der Art ... Aber ohne die Leitung eines Priesters? Das ist höchst ungewöhnlich, meine Tochter.«

»Was hätten wir tun können? Ihr wart hier in Eurer Klause; uns hielten Frost und Schnee am anderen Ufer in Saliminia gefangen ... Wir hatten keine Wahl und mussten auf den Herrn vertrauen. Und wir hofften, er würde uns leiten, wie er vor vier Jahrhunderten den Hirten und den Weisen den rechten Weg gezeigt hat.«

»Da tatet ihr gut daran, mein Kind. Doch nun sagt mir, was genau ihr tatet.«

Die Frau nickt eifrig: »Ihr sollt alles wissen!«

***

In der benachbarten Kammer befeuchtet unterdessen Severins Mitbruder zum wiederholten Mal die Stirn des Verletzten. Ohne aufzublicken, spricht er dabei mit dem Mann, der am Fußende von Fevas Strohlagers steht: »Gut; er schläft wieder ... Ich kannte dich bisher als einen besonnenen Mann, Trautwin: Lange hast du gezögert, unserer frohen Botschaft Glauben zu schenken; sagtest du nicht einst selbst, dass du auch nie an die Märchen eurer Alten glaubtest? Und nun sagst du mir nicht nur, dass Feva hier die Irrlichter gesehen habe: Nein, *du* ebenso!?«

Nur wenig Licht dringt durch die Vorhänge vor Tür und Fenster in die Kammer; so bleibt verborgen, wie Trautwin errötet: »Aber so war es, Bruder Tobias. Ich würde es ja selber nicht glauben. Aber ich schwöre bei Merku-«

»Beschwöre nicht die heidnischen Götter: Du bist getauft!«

»Verzeiht; die Gewohnheit ... Ich schwöre bei allen Heiligen: Ich sah, wie eine Reihe von Flammen über dem See schwebten, durch den Nebel zum östlichen Ufer hin.«

Ein Aufstöhnen des Kranken verschafft dem Mönch Zeit zum Überlegen. Dann wendet er sich zu Trautwin um:»Nun gut, und sei es nur, um deinen Irrglauben zu widerlegen: Erzähle!«

»Wie Ihr wünscht.«

***

Nachdem sie das Schiff über die Balken ins Wasser gerollt hatten, beobachteten die drei Männer eine Weile das Gefährt. Nur schwach schwankte es in der Dünung des Sees. Leise klopfte es gegen den dreißig Schritt langen Steg, dessen Ende schon im Nebel verschwamm. Das Segel hing schlaff am Mast, und ein gutturales Gurgeln verriet, dass das Gefährt über die gesamte Länge von zwölf Schritt Wasser unter dem flachen Boden hatte. Als einer der Männer schließlich als erster den Steg betrat, bemerkte er noch etwas:»Es liegt sehr tief im Wasser. Sollten wir nicht ein paar Scheffel Salz entladen, Feva?«

Darauf sprang auch der zweite Mann auf den Steg, und er wies auf die aufgewölbte Plane, die eine quadratische Öffnung in der Mitte des Schiffsdecks abdeckte:»Gerne, Trautwin: Wenn du damit nur *deinen* Anteil schmälerst – und hinterher wieder die Plane festzurrst!«

Unterdessen hat sich der dritte Mann über das Heck an Deck geschwungen, um sich gleich ans Ruder zu stellen:»Keine Sorge, Trautwin: Das Deck ist auf allen Seiten drei, vier Handbreit über Wasser, und der See ist ruhig wie ein Spiegel. Mein Vater hat mir davon erzählt, dass sie einige Male bei solchem Wetter Salz verschifft haben. Normalerweise würden sich jetzt vier, fünf Schiffe bereit machen. Aber da die meisten Besitzer es vorziehen, in dieser sogenannten Christ-Nacht mit ihren Frauen in den Stuben zu hocken, zu beten und zu singen ... Wenn wir diese Fracht nach Ovilava bringen, sind wir die Einzigen. Wir können für das Salz verlangen, was wir wollen, und wir werden alle reich.«

»Wenn!«, wiederholte Trautwin nur. Dennoch folgte er Feva, als dieser dann auf die Decksplanken sprang – wenn auch sehr vorsichtig, denn erst jener Sprung brachte das Gefährt merklich ins Schwanken.

Feva nimmt sogleich neben den Mast Aufstellung: »Nun gut; alles wie geplant: Hunulf bedient wie immer das Steuerruder; ich kümmere mich ums Segel. Du, Trautwin, hast die besten Augen; du warnst du uns vor dem Eis! Leichtsinnig wirst du wohl nicht werden? Kannst ja auch zu eurem neuen Gott beten! Vielleicht sendet er uns auch ... Wie meinte das Mönchlein? Einen Stern, um uns den Weg zu weisen?«

Hunulf kicherte leise, während Trautwin stumm in den schwärzlichen Spiegel des Seewassers blickte; so fuhr Feva fort: »Also gut. Das mit dem Nebel ist kein Problem: Dunkel ist es eh, und heute früh war vom Stolleneingang am Berg aus gute Sicht: Nur der Südteil des Sees ist noch massiv gefroren; aber der Sturm gestern, der hat eine Fahrstraße durchs Eis zur Druna hin geöffnet. Und da nun eine schwache Brise aufkommt, sind uns die Götter sichtlich gewogen – welche auch immer! Dann mal los!«

Durch das Bedienen einiger Leinen spannte Feva das Segel auf und richtete es in den Wind. Es blähte sich schwach, und zuerst entfernte sich das Boot nur unmerklich vom Ufer; dann glitt es dahin wie ein Wanderer ohne Eile. So hatte Trautwin reichlich Zeit, um sich ab und an zu seinen beiden Begleitern umzuwenden, und wie nebenbei sah er dabei auch zum Ufer zurück: »Seht euch das an: Wir sind kaum dreißig Schritt gefahren, und dennoch sieht man das Ufer kaum noch. Da, jetzt verschwindet schon der Steg im Nebel.«

Feva sah sich nur flüchtig um, Hunulf gar nicht: »Kümmere du dich um das Eis!«

»Ist nicht das erste Mal, das wir bei Nebel unterwegs sind«, bemerkte Feva. »Wisst ihr noch, letzten Herbst? Da sah Hunulf vom Steuer aus nicht einmal mehr den Bug!«

Trautwin blieb skeptisch: »Da trieb auch kein Eis auf dem See.«

»Dann warn uns gefälligst beizeiten!«, rief darauf Hunulf nach vorne. »Die Brise kommt aus Süden; wenn wir sie im Rücken haben, führt uns das direkt zum Nordende und zur Druna.«

Eine Weile schwiegen die drei; dann alarmierte Trautwin die anderen: »Da ist Eis; nur zwanzig Schritt vor uns!«

Feva blieb ruhig: »Wie dick, und wie viel?«

»Lauter Schollen, mindestens eine Handbreit stark, und dahinter werden es mehr, immer mehr: Da kommen wir nicht durch; niemals!«

»Kein Problem! Lenk nach rechts, Hunulf: Wenn wir das Eis immer zur Linken haben, sollte uns das direkt durch die eisfreie Straße gen Norden führen.«

Der Mann am Steuer folgte Fevas Anweisung, und so sahen kurz darauf alle drei, dass Trautwin nicht übertrieben hatte: Zur Linken erstreckte sich eine Front aus Eisschollen, unter denen manche größer war als das Boot. Eine Weile fuhr man in einer Entfernung von gut zehn Schritt am Eis entlang. Die Männer schwiegen; so hörte man nur das Knirschen des Eises, das Plätschern des Bootes und das Knarren der Planken. Dann aber vernahm Trautwin ein fremdes Geräusch, und er starrte nach rechts in den Nebel: »Hört ihr das auch?«

Einige Momente lauschte man; dann nickte Feva: »Klingt fast wie Stimmen. Muss der Wind sein.«

»Jetzt hör ich's auch«, bestätigte Hunulf. »Wind? Bei der schwachen Brise? Wohl kaum! Vielleicht irgendwelche Tiere?«

Trautwin widersprach ungewohnt energisch: »Tiere, jetzt? Und mitten auf dem See? Denn vom Ufer kommt das nicht! Es klingt menschlich, und auch wieder nicht. Wo ... Da, seht! Seht ihr die Lichter? Die dort im Nebel schweben?«

Die anderen blickten in die Richtung, in die Trautwin wies, und da sah es auch Feva:»Das sind ... Sieht aus wie Flammen, die über dem Wasser schweben. Acht, neun ... zwölf Flammen. Bei allen Göttern, was ist das?«

Hunulf blieb skeptisch:»Bei diesem Nebel ... Vielleicht ein paar Lichter am Ufer.«

Nun widersprach Feva:»Nein; Trautwin hat recht: Zum Ufer ist's zu weit. Das sind ...«

Was er nicht aussprach, nannte Trautwin beim Namen:»Es sind Irrlichter; das ist ein Zeichen: Das sind die Geister unserer Ahnen, die uns über den See geleiten wollen!«

Hunulf hielt davon eher wenig:»Aber sie sind östlich, eher südöstlich von uns!«

»Doch sie bewegen sich gen Nordosten«, widersprach Feva.

»Kann sein, dass sich das Eis verlagert hat. Folgen wir ihnen!«

Hunulf zögerte noch kurz; dann steuerte er das Schiff nach rechts. Feva unterstützte dies durch die Ausrichtung des Segels, und so entfernte man sich von der Eiskante.

»Wir sind in offenem Wasser«, erklärte Trautwin kurz darauf.»Ich sehe kein Eis mehr.«

»Halt lieber Ausschau in der anderen Richtung!«, mahnte Hunulf von hinten. Der Mann am Bug wandte sich darauf nach rechts, doch behielt er die Lichter im Auge, nicht die Wasseroberfläche.

***

»Bist du sicher, dass dies die richtige Weise ist?«

Giso verstummte mitten im Vers, als die hinter ihr schreitende Frau sie ansprach. Darauf hörten auch die anderen Frauen in der Gruppe auf zu singen; so vernahm man für einige Momente nur das Knirschen des Eises und das Quietschen des Schnees unter den Schuhen der Frauen. Dann antwortete die Vorangehende, ohne sich umzudrehen:»Bruder Severin selbst hat mir die Verse beigebracht: Ein Hymnus von Sedulius zur Heiligen Nacht. Mag sein, dass ich mir das eine oder andere Wort nicht richtig gemerkt habe, aber was schadet das? Christus und Maria wissen, was wir meinen! Oder sprichst du besser Latein als ich, Wiltraut?«

»Keine von uns spricht Latein«, erwiderte die zweite in der Reihe. »Das weißt du so gut wie ich.«

»Dann folgt einfach meinen Worten und meiner Weise«, erwidert Giso. »So wollen wir der heiligen Jungfrau unser Lobpreis darbringen und um ein Zeichen ihrer Gnade für Saliminia bitten. Welche Nacht wäre dafür besser geeignet als diese?«

»Welche wäre *weniger* geeignet?«, bemerkt die Dritte in der Reihe halblaut. »Rosmerta, steh uns bei!«

Giso hat sie sehr wohl gehört:»Schweig, Rinelda! Und nun alle zusammen:

Gaudet chorus caelestium,

et angeli canunt Deum,

palamque fit pastoribus

pastor creator omnium.«[*]

Zusammen setzten die Frauen freilich nicht ein, sondern nach und nach, wie man halt Worte oder Weise kannte. Bei der letzten in der Gruppe kam der Text in arg verstümmelter Form an:

»Gauda keiner kolostinum,

und ärger kamen denen,

balaste fett pastorikus

pastor berater oppidum.«

---

[*] Übersetzung nach Luther:
Des Himmels Chör sich freuen drob
und die Engel singen Gott Lob;
den armen Hirten wird vermeldt
der Hirt und Schöpfer aller Welt.

Selbst Bruder Severin hätte diesen Gesang kaum erkannt; schließlich achtete die Mehrheit weniger auf Text und Melodie, sondern eher auf das Eis, über das man schritt. So vermengten sich die Stimmen zu einem schrillen, spukhaften Singsang. Zudem verwischte der Nebel die Konturen der Frauen; nur der Flammenschein der Fackeln, die eine jede in der Linken trug, durchdrang den dichten Dunst.

Empfindlich störte der Singsang die weihnachtliche Stille, die ansonsten über dem Eis lag. Plötzlich aber ertönte ein noch schrilleres Geräusch, das alle zwölf Frauen zugleich verstummen ließ. Ebenso synchron wandte man sich nach links. Zu sehen war nicht; dafür war ein kurzes, aber kräftiges Krachen, Splittern und Gurgeln zu hören. Als sich darunter eindeutig menschliche Schreie mengten, begriff die hinterste in der Reihe der Frauen: »Das ist Holz, das da bricht: Das Holz eines Bootes!«

Giso widersprach nicht: »Wer ist so närrisch und so vermessen, gerade jetzt auf den See hinaus zu fahren?«

Aber niemand antwortete; stattdessen näherte sich das Dutzend mit einer merkwürdigen Mischung aus Eile und Vorsicht der Quelle des Lärms.

***

Die Erzählerin verstummt, doch der Mönch kann sich den Rest denken: »Und dort habt ihr die drei Männer im Wrack gefunden.«

Giso versucht vergeblich, einen Schluchzer zu unterdrücken; dann nickt sie: »Trautwin warf der Aufprall auf das Eis. Hunulf stand wie stets am Steuer; er war nicht mehr zu sehen. Feva klammerte sich am sinkenden Boot fest, als wir es erreichten. Irgendwie kam Rinelda an eines der Taue, und so konnten wir ihn durchs Wasser auf das Eis ziehen. Aber bei seinen Verletzungen, und das eiskalte Wasser ...«

»Die Wege des Herrn sind unergründlich«, bemerkt der Mönch kopfschüttelnd, da die Frau nicht fortfahren kann. »Und gerade in der Heiligen Nacht ist seine Gnade mächtig. Allein dass dein Mann trotz allem gerettet wurde ... Es ist gewiss auch ein Zeichen, dass der Herr noch Pläne mit ihm hat. Dennoch, es hieße, den Herrn zu versuchen, wenn wir nicht sofort daran gingen, seine Seele zu retten.«

Mit einer Mischung aus Staunen und Hoffnung sieht die Frau auf: »Ihr meint ... Die Taufe?«

»Was sonst, mein Kind? Ich glaube nicht, dass er sich jetzt noch dagegen sträuben wird, wo er sieht, wie ihn die heidnischen Götter in die Irre geführt haben. Wir wollen ihn fragen!«

Die Frau nickt eifrig. So greifen die beiden nach den zwei Kerzen, die neben dem Feuer im Kamin den Raum beleuchten. Dann gehen sie zu der Kammer rüber, schieben den Vorhang zur Seite und betreten vorsichtig das Zwielicht dahinter. »Bruder Tobias, glaubst du, wir-«

Weiter kommt Severin nicht: Denn kaum hat der Kranke die Lichter in den Händen der Eintretenden erblickt, schnellt er von seinem Lager empor: »Die Lichter! Nicht ... Weg, zurück: Sie führen uns ins Eis!«

Und ehe die anderen so recht begreifen, springt Feva vom Lager auf, hebt abwehrend die Hände und weicht stammelnd zur Wand hin zurück: »Die Lichter, die Irrlichter ...«

Der vorher am Bett hockende Tobias ist vor Überraschung nach hinten umgestürzt, und auch Trautwin tritt einen Schritt zurück. Dennoch versucht er, auf seinen Freund beruhigend einzusprechen: »Beruhige dich, Feva: Wir sind in Sicherheit!«

Der Kranke hört ihn aber offenbar nicht; stattdessen weicht er zurück, bis er neben dem Fenster an die Rückwand der Kammer stößt. Da Severin und Giso aber immer noch – sichtlich ratlos – mit den Kerzen in der Tür stehen, reißt Feva den Vorhang zur Seite und schwingt sich durch das Fenster ins Freie: »Rettet euch!«

Es folgt ein schriller Schrei, der abrupt endet. Zugleich schreit auch Giso auf; sie lässt die Kerze fallen, während Severin mit seinem Licht ans Fenster stürzt. Er hält es ins Freie, blickt in die Tiefe und schüttelt dann das Haupt: »Er muss direkt von der Klippe ins Wasser gestürzt sein. Wir werden suchen gehen, aber ich fürchte ...«

Er wendet sich vom Fenster ab. »Der Widersacher hat seinen Geist in die Irre geführt. Möge der Herr seiner Seele gnädig sein!«

»Amen!«, ächzt die Frau noch, ehe sie schluchzend in die Knie sinkt.

Anzeige gegen Unbekannt

Günther Kurzbauer
Günthers Glühwein-Hütte OG
xxx
1110 Wien

Staatsanwaltschaft Wien
Landesgerichtsstraße 11
1080 Wien

Strafanzeige – Wien, 24. Dezember 2018

Sehr geehrte Damen und Herren der Staatsanwaltschaft,

hiermit erstatte ich, Günther Kurzbauer, geboren am 16. Jänner 1968, Inhaber des oben genannten Unternehmens, Strafanzeige gegen Unbekannt wegen des Verdachts auf schwere Sachbeschädigung und unerlaubten Umgang mit Suchtgiften. Dieser Anzeige lege ich Folgendes zugrunde, was sich gestern, am 3. Advent, an meinem Stand auf dem Christkindlmarkt am Wiener Rathausplatz zutrug.

Es war gegen 16 Uhr; gerade begann es erneut zu nieseln, und die Leute drängelten sich dicht an dicht unter dem Vordach der Glühwein-Hütte. Meine Mitarbeiter und ich, wir hatten alle Hände voll zu tun mit Ausschank und Kassieren; so bemerkten wir die Beklagten nicht gleich. Nikolétta N., die in den Anlagen als Zeugin gelistet und seit dem 15er Jahr für mich tätig ist, die sah sie zuerst; wir anderen, wir merkten erst durch ihren spitzen Schrei, was geschah: Direkt vor ihr, da ragte der lange Hals eines Kamels in den Verkaufsbereich. Wie ich hernach erfuhr, trank das

Tier gerade einen der Glühwein-Kessel halb leer. Auf Nikoléttas Schrei hin schreckte das Kamel zurück; es brüllte, richtete sich auf und haute sich prompt am Vordach an. Ich sah es schon durchgehen und die Leute zertrampeln, da entdeckte ich den ersten Beklagten neben dem Tier: Er ergriff die Zügel und redete begütigend auf das Kamel ein. Jedenfalls hörte es sich so an; verstehen tat ich kein Wort.

Zuerst dachte ich, das ist ein exzentrischer Tourist aus Arabien oder so; jedenfalls schauten die weiten Gewänder, das Kopftuch und der protzige Goldschmuck danach aus. Dann bemerkte ich die beiden anderen Beklagten hinter ihm, und da war ich mir nicht mehr so sicher. Der eine, das war ein Greis mit einem Bart bis zum Gürtel seines Burnus; der andere ein junger Mohr. Das sagt man nicht mehr, das weiß ich eh, aber er erinnerte mich arg an den Sarotti-Mohr. Wenn man dies bei der Fahndung rausgibt, da dürfte das zielführender sein als die Beschreibung im Anhang.

Jedenfalls beruhigte sich das Kamel rasch, was wohl auch am Glühwein lag. Ich bin kein Zoologe, aber das Tier, das schien blunzenfett zu sein.

Auch die anderen Besucher beruhigten sich bald; freilich hielten sie Abstand zu dem Trio samt Trampeltier. Ich suchte mich mit ihnen zu verständigen – mit dem Trio, heißt das, nicht mit dem Tier –, doch vergebens. Die drei Beklagten redeten abwechselnd auf uns ein; mir schien, sie probierten allerlei Sprachen aus. Irgendwann, da antwortete Nikolétta, und zwar in ihrer Muttersprache. Sie ist in Wien geboren, aber ihre Eltern, die kamen aus Griechenland. In Ihrer Aussage, da kann sie wohl Genaueres angeben; mir sagte sie später, der älteste der Männer sprach ein altertümliches Griechisch mit merkwürdigem Akzent.

Jedenfalls redete der Greis lange auf Nikolétta ein; sie antwortete knapp. Endlich, da deutete er auf seine Begleiter. Die öffneten darauf eine der protzigen Satteltaschen des Kamels. Sie holten drei goldene oder jedenfalls goldglänzende, kindskopfgroße

Gefäße hervor; sie stellten sie auf dem Tresen ab und öffneten sie. Eines war voll mit goldenen Münzen, die anderen zwei mit pulver- oder krümelartigem Zeugs, das eine bräunlich, das andere weißlich. Drogen!, rief da einer der Besucher, der daneben stand: Das sind Dealer! Die verscherbeln Drogen auf dem Markt!

Nikolétta erklärte, die Fremden sind auf der Suche nach einer Person; für den Gesuchten waren diese Gaben bestimmt. Sie folgten einem Stern, aber wegen dem Wetter, da konnten sie ihn nicht mehr sehen. Stattdessen fanden sie den Christkindlmarkt, und als sie all die Sterne und Lichter sahen und die Hetz mit all dem Wein, hier, im Herzen der Hauptstadt, da dachten sie, das könne nur dem Gesuchten gelten.

Wir wollten natürlich wissen, wer der Gesuchte denn sei. In der Antwort, da glaubte ich das Wort ›Krestos‹ herauszuhören. Nikolétta meinte, sie wüssten den Namen nicht; es müsse aber ein neuer Herrscher sein, eine Art König, ein Heiland, der Erlöser eben.

Jetzt mischten sich wieder andere Besucher ein: Sie suchen unseren neuen Bürgermeister, den Michi Ludwig, meinte einer, da drüben im Rathaus eben.

Bist deppert?, widersprach da sofort eine Frau. Der Basti ist gemeint; wer sonst? Zum Ballhausplatz, dahin müssen sie!

Ein Dritter verspottete beide: Glaube gerne, dass alle beide diese ›Gaben‹ nehmen täten. Und HC, der bekäme auch noch was ab.

Dann ging es mehr und mehr durcheinander, hin und her, zwischen Besuchern und den Beklagten und unter den Besuchern. Ich sollte erwähnen, dass von letzteren einige schon mehrere Häferl Glühwein oder Punsch intus hatten. Ob die Beklagten noch nüchtern waren, das kann ich nicht beurteilen.

Ich kam aus dem Stand vor und versuchte zu schlichten. Stattdessen geriet ich mitten in die beginnende Rauferei. Ein Besucher wollte das nutzen, um eines der Gold-Gefäße zu fladern;

der Mohr versuchte dies zu verhindern. Beide zerrten hin und her; der Beklagte ließ plötzlich los, und mit vollem Schwung krachte der Gold-Topf gegen meinen Schädel. Das letzte, was ich sah, war, wie sich die Münzen im hohen Bogen in der Menge verteilten. Dann muss ich das Bewusstsein verloren haben.

Erst im AKH wachte ich wieder auf, und von der Polizei erfuhr ich, dass mein Stand schwer beschädigt wurde, trotz der Gegenwehr von Nikolétta und ihren Kollegen. Vom Glühwein blieb nichts übrig. Die Beklagten müssen bald nach meinem Knockout geflohen sein – samt Kamel und den mutmaßlichen Drogen.

Meine Mitarbeiter konnten einige der besagten Münzen sicherstellen; den Rest müssen die Besucher gefladert haben. Daher verleihe ich hiermit – auch auf Anraten meines Anwalts Dr. Ehrlich – meiner Erwartung Ausdruck, dass wir diese als Sicherheit und Kompensationen verwenden dürfen, für den Fall, dass wir von den Beklagten keine angemessene Entschädigung erhalten. Auch wenn die Rauferei von anderen Besuchern ausgegangen ist, so waren die Beklagten doch die Verursacher.

Gezeichnet:
Günther Kurzbauer
Dr. Herbert Ehrlich

Nachtrag Staatsanwaltschaft, 6. Jänner 2019: Gemäß Beurteilung durch die zuständigen Sachverständigen handelt es sich bei den Münzen um vierfache Aurei aus dem alten Rom. Die anderen zwei Gefäße enthielten Weihrauch und Myrrhe. Die Gefäße selber sind antik, finden sich aber auf keiner Liste gestohlener Kunstwerke. Die Fahndung nach den Beklagten läuft.

Advent, Advent, ein Lichtlein brennt

18:07 – Garderobe

»Ma, ich nicht verstehe: Warum die Frage? Warum fragen mich? Mamma mia, warum die commedia?«

Kommissar Schmid seufzt innerlich auf: Oft hilft es schon, wenn er sich mit all seiner Körpermasse auf der einen Seite eines Tisches breit macht, während der oder die Verdächtige vor ihm auf einem Hocker hocken muss. Diesmal aber funktioniert dieses Spiel nicht: Die Frau ihm gegenüber sitzt so kerzengerade auf ihrem Stuhl, als nehme sie eine Ballett-Pose ein. Der Kommissar mustert sie weiter, während seine neben ihm stehende Kollegin die Frage der Italienerin beantwortet:»Immerhin wurde Ihre Kollegin – oder Konkurrentin? – schwer verletzt: Und es war offensichtlich kein Unfall; sicher nicht!«

Die Ballerina starrt die Polizistin ungläubig an:»Schwer verletzt? War nur Sturz; passiert oft bei Balletto! Veramente peccato, ma, muss Vorsicht sein! Wie verletzt?«

»Offenbar ein verstauchter Knöchel«, erklärt Schmid.»Wie auch immer: Für sie ist das Vortanzen vorbei.«

»Es hätte schlimmer kommen können: *Viel* schlimmer«, ergänzt die Kollegin.»Es ist Körperverletzung; es hätte Mord werden können!«

»Mord? Omicidio? Madonna! Povera ragazza! Aber, sie tanzt bald wieder, vero? Also, warum Fragen?«

»Nun, der Direktor des Hauses ist ein guter Freund vom Berliner Polizeichef«, bemerkt Schmid mit einem weiteren Seufzer.»Und solch ein Vorfall bei der Auswahl einer Hauptdarstellerin ... Wirklich peinlich! Wie auch immer: Je schneller die Geschichte aufgeklärt wird, je eher hier Weihnachtsfrieden einkehrt, desto besser – für uns alle.«

Die Tänzerin zuckt ungeduldig mit den Schultern: »È sfigato; c'è problema, si ... Aber ich fertig, also Ende: Ich gewinne, in tutti i casi!«

Die Polizisten wechseln stumme Blicke, und beide erinnern sich an das vorhergehende Verhör.

17:37 – Garderobe

»Solch ein Vortanzen auf der Hauptbühne der Deutschen Oper, mit vollem Orchester und Star-Dirigent, so kurz vor den Feiertagen ... Ist das normal?«

Der Choreograph hält sein Knie mit beiden Händen umfasst und wippt auf dem Hocker leicht vor und zurück, als er antwortet: »Normal? Nein, nein; gewiss nicht! Aber hier geht es ja auch nicht um irgendwas: Wir suchen einen Star *in spe*! Eigentlich hätte ja Valentina Solanko die Klara tanzen sollen, aber dann diese plötzliche Grippe; die Zweitbesetzung wird schwanger ... Und nur zwei Wochen vor der Vorstellung, mitten im Advent, wo man überall den ›Nussknacker‹ tanzt, da finden wir auch keine prominente Gast-Tänzerin mehr; da bleibt uns nicht viel anderes übrig, als eine Solistin aus dem *corps de ballet* des Staatsballetts zu suchen, verstehen Sie? Schließlich wollen ja auch die Berliner zu Weihnachten ihren ›Nussknacker‹ sehen, und was ist ein Nussknacker ohne Klara?«

»Nun, im Staatsballett Berlin müsste es doch wirklich genügend geeignete Kandidatinnen geben?«

»Gewiss, gewiss: Wir haben sechs Erste und fünf Zweite Solo-Tänzerinnen. Aber von denen sind drei krank, fünf sind anderwertig verpflichtet, und der Rest kennt den Part nicht.«

»Also suchen Sie den Ersatz jetzt unter den Demi-Solo-Tänzerinnen?«

»Ah, ich sehe, Sie haben sich informiert? So ist es.«

»Was natürlich eine Riesen-Chance für die Einspringerin ist; ein grandioses Weihnachtsgeschenk für jede Ballerina. Oder?«

›Für das so manche Tänzerin garantiert auch sehr, sehr brav wäre‹, setzt Schmidt in Gedanken hinzu. ›Oder eben sehr, sehr unbrav ...‹

»Gewiss. Und bei so was kann man nicht nur nach den Leistung im Probenraum gehen: Entscheidend ist die Performance auf der Bühne, das Wechselspiel mit dem Orchester, die Ausstrahlung ... Verstehen Sie?«

Die Polizistin kommt ihrem Chef zuvor: »Apropos Orchester: Ich konnte den Dirigenten bisher nicht erreichen; mit ihm würden wir auch gerne reden.«

Das verwundert den Choreographen derart, dass das Wippen einstellt: »Maestro Grigoriew? Der dürfte schon in Schönefeld sein, auf dem Weg zum nächsten Konzert: Er ist völlig ausgebucht, verstehen Sie?«

»Warum hat er dann überhaupt heute dirigiert? So ohne Publikum, ohne Presse; im Grunde reine Routine ...«

Der Choreograph nickt der Ermittlerin augenzwinkernd zu: »Was wissen Sie über unseren Maestro?«

»Einer der prominentesten Dirigenten der Gegenwart; gebürtiger Russe, um die Fünfzig; berühmt-berüchtigt für seine extremen Tempi ...«

»So ist es. Aber wissen Sie auch, dass er dreimal verheiratet war – stets mit Tänzerinnen!? Und zur Zeit ist er wieder solo. Sie verstehen?«

Die Polizistin ist schockiert: »Das ist doch nicht Ihr Ernst!? Hat der Mann nichts vom Fall Levine gehört? Nichts von der MeToo-Debatte?«

»Nun, gehört wohl schon. Aber die neuen Kandidatinnen kannte der Maestro bisher ohnehin nicht persönlich. Und über die wollen sie doch reden?«

Schmid nickt: »Genau. Acht Demi-Solo-Tänzerinnen gibt es?«

»So ist es. Aber, um ehrlich zu sein: Nur zwei Favoritinnen. Annabella Cèneda, die als sechste tanzte, und nach ihr Annegret Müller, wo es dann ...«

»Die auf den Brettern landete, kaum, wie's losging.«

»So ist es, leider. Sie müssen wissen, auf ihre Performance war ich besonders gespannt: Höchst begabt, aber leider auch höchst unsicher, verstehen Sie? Gewiss nicht die typische Berlinerin – und just das Gegenteil von Annabella: Die ist, nun ja, sehr von sich überzeugt. Aber sie weiß durchaus, dass Annegret mindestens ebenso begabt ist wie sie selbst, und sie versteht es, die arme Kleine immer wieder zu verunsichern.«

»Und das Vortanzen von Frau Cèneda? Wie beurteilen sie das?«

»Wie zu erwarten war, Frau Kommissarin: Brillant! Nicht genial, aber markant besser als die fünf Kandidatinnen, die vor ihr dran waren.«

Schmid staunt: »Wirklich? Wenn Sie das sagen ... Für mich sah eine Nummer wie die andere aus.«

»Ach, Sie haben sie schon gesehen?«

16:05 – Regieraum

»Wozu dienen eigentlich diese Aufnahmen?«

Der Regisseur bedient weiter seine Regler, während er die Frage des Kommissars beantwortet: »Kann ja sein, dat de Jury 'n bisscken unsicher is, wer jut war, wer weniger jut un so. Wenn denne wer de Jören noch mal ankieken will, aus 'ner anderen Sicht un so ... da, da isses: Jetzt jeht de Nummer 5 ab, bei 12 Uhr 48; de 6 kommt-«

»Die Italienerin?«

»Jawoll! Schnieke, wat? Det knappe Trikot ... Echt dufte!«

Die Kamera zoomt an die Tänzerin heran, bis Schmid ihr selbstbewusstes Lächeln erkennen kann. Ehe der Tanz beginnt, wechselt das Bild wieder zum Weitwinkel: »Mit nur eener Kamera, da jibs beim Tanz nur die Totale. So, 12 Uhr 50; un uff jeht's zum pas de deux.«

»Pas de deux?«, wundert sich der Kommissar. »Heißt das nicht, dass zwei tanzen?«

»Janz jenau. Det Probestück, det is aba een Jemenge aus Klaras Parts vom janzen Ballett. Viele Teile kommen aba aus de grand pas de deux, aus Akt 2. So; uff jeht's.«

Über die Lautsprecher hört Schmid, wie das Orchester einsetzt, und sogleich setzt sich die Tänzerin in Bewegung: Erst langsam, mit fließenden Bewegungen, passend zur Musik; dann, wie diese lauter und schneller wird, legt auch die Italienerin zu: In immer rascheren Tempo wechseln Läufe, Sprünge, Pirouetten und Arabesquen.

»Spulen Sie vor; das kenne ich jetzt schon!«

»So? Bin ooch keen Klassik-Freak, aber Tschaikowskys ›Nussknacker‹, det kann ick würklich imma ma wieda hör'n. Aba jut; spul'n ma vor ... Da, 12 Uhr 57; det letzte Jehopse, und ab in die Jrätsche ... Scheiße, muss det wehtun! Schluss, Knicks, Abjang. Un schon kommt de kleene Müllerin.«

»Klein? Glaube nicht, dass sie kleiner ist als die Italienerin.«

»Nee, det meen ick nich: Kiekt man de Müller an, jlaubt man imma, det is 'ne kleene, verschreckte Schul-Jöre – bis se tanzt! So, 12 Uhr 59, uff jeht's. Da, kieken Se: Bin keen Profi; aba det, det hat doch mehr Flair als bei de Cèneda, wat? Echt dufte! 13 Uhr; dat Jerenne über de Bühne, un denne sollte eijentlich ... Au Scheiße, det tut ooch beim zehnten Zukieken noch weh!«

Dennoch verlangsamt der Regisseur das Video, so dass Schmid in Zeitlupe verfolgen kann, wie die Tänzerin irgendwo hängen bleibt, strauchelt, vornüber stürzt, sich dabei unglücklich verdreht und schließlich der Länge nach auf den Brettern landet. Das Orchester spielt noch ein paar Takte, aber selbst dies kann den Aufschrei des Opfers nicht übertönen.

»Noch mal das Ganze?«, wundert sich die Polizistin, als sie nun den Raum betritt. »Erkennt man, ob, wie oder wann der Faden gespannt wurde?«

Schmid schüttelt bedauernd den Kopf: »Keine Chance; zu dunkel.«

»Die Falle kann aber maximal 15 Minuten vorher scharf gemacht worden sein: Ich habe den Kerzen-Typ bei Aldi gefunden; der brennt 25 Minuten. 9 bis 11 Minuten waren nach dem Auslösen noch übrig; bleibt eine Viertelstunde – höchstens, denn man kann die Kerze ja auch vorher anbrennen. Hier waren's aber mindestens 10 Minuten, den Wachs-Resten nach zu urteilen.«

Erst jetzt wendet sich der Regisseur von seinen Monitoren ab und der Polizistin zu: »Kerze? Wat?«

15:12 – Hinterbühne

Der Kommissar schüttelt den Kopf, aber sein Ton verrät eine gewisse Anerkennung: »Wirklich raffiniert!«

Er und der Choreograph betrachten einen Aufbau, der sich unter dem Tisch vor ihnen verborgen hat; die Polizistin dagegen widmet sich der Umgebung: »Kein Wunder, dass diese Konstruktion keinem aufgefallen ist: Bei diesem Durcheinander hier; überall Kisten, Kulissenteile, Requisiten ... Das sind doch Requisiten, oder? Die Geschenkpackungen da drüben; die lange Tafel mit dem Pappmaché-Essen; der riesige Weihnachtsbaum da in der Mitte ...«

»Gewiss; so ist es«, bestätigt dies der Choreograph, ohne sich vom Tisch abzuwenden. »Wie Sie sehen, läuft noch der Aufbau der Kulissen für den ›Nussknacker‹; für das Vortanzen haben wir nur die Vorderbühne freigeräumt. Aber das da, das verstehe ich nicht: Wie funktionierte das?«

Schmid stellt sich hinter den Tisch und deutet nacheinander auf die bewussten Objekte: »Sie sehen das Schnur-Ende dort?«

»Gewiss: Sieht aus wie eines der Seile, die sonst die Kulissen-teile tragen.«

»Genau; da hing vorher eines der Gegengewichte für die Ku-lissen dran. Das baumelte in der Öffnung da.«

»Verstehe. Aber eigentlich sollte die zu sein, diese Klappe!«

»Sollte ... Ich denke, es lief so: Das eine Ende des Seiles war ans Tischbein geknotet – wie auch jetzt noch – und am anderen Ende hing das Gewicht in der Boden-Klappe. Dazwischen war das Seil einmal um die Kerze dort gewickelt.«

»Sie meinen den Kerzenstumpf da, zwei, drei Handbreit ne-ben dem Tischbein?«

»Genau. Dort, wo das Seil durchgebrannt ist, sieht man noch schwache Stearin-Spuren an den Seil-Fasern.«

»Allmählich verstehe ich: Die Kerze wurde angezündet, sie brannte nieder, und irgendwann erreichte sie die Stelle, wo das Seil drum gewickelt war ...«

»Nach 10 bis 15 Minuten«, ergänzt dies die Polizistin. »Dann löst sich die Schleife; das Seil spannt sich genau durch die Flam-me, und es brennt durch.«

Nun bemerkt der Choreograph auch, dass da außerdem eine dünne Plastik-Schnur an das Gewicht geknotet ist: »Und sobald das Seil reist, fällt das Gewicht nach unten; die andere Schnur spannt sich, und dann ...«

»Genau. Während sie vorher auf dem Boden lag, läuft sie nun in gut 20 Zentimeter Höhe quer über die Bühne. Gut vorbe-reitet – wohl letzte Nacht – und automatisch ausgelöst, so dass sich der Täter problemlos ein Alibi besorgen konnte.«

Die Polizistin blickt zum Bühnenrand hinüber, von wo aus immer noch mehrere Ballerinen die Ermittler neugierig beäugen: »Und ich nehme an, es hat auch jeder Zugang zu diesem Bereich? Oder jede?«

»Gewiss; so ist es: Jeder, der wegen des Vortanzens ... Aber Sie meinen doch nicht etwa, dass eines von den Mädchen ...?«

»Nun, nur sie hatten Gelegenheit *und* Motiv.«

»Und die Mittel finden sie gleich hier«, ergänzt dies die Polizistin. »Jede Menge Mittel ...«

12:58 – Seitenbühne

»Mann, ich hätte auch gleich zuhause bleiben können: Ich glaube, du sprangst glatt einen Meter höher als ich.«

Annabella Cèneda nimmt das Lob ihrer Konkurrentin lächelnd entgegen, während sie sich mit einem Handtuch den Schweiß von der Stirn wischt: »Grazie! Einen Meter, nein, aber ... Si; war gut!«

Drei weitere Tänzerinnen sehen sich vielsagend an; die anderen eilen an den Bühnenrand zurück: Denn gerade setzt das Orchester wieder ein. Das will sich auch Annabellas Lobrednerin nicht entgehen lassen: »Jetzt kommt Annegret!«

Sie will den anderen folgen, aber Annabella hält sie am Arm zurück: »Sag, Sophia: War ich gut? Detto francamente!? Ehrlich?«

Ihre Kollegin mustert Annabella erstaunt: »Klar! Gut, bei der Pirouette warst du hinter dem Orchester zurück, aber-«

»Alles Schuld von Orchestra!«, erregt sich daraufhin die Signora. »Schuld von Grigoriew! Dirigiert molto presto, troppo presto!«

»Zu schnell? Ja, klar, ging mir genauso. Mal sehen, wie Annegret damit klarkommt, wenn- Was war das?«

Und wie die zwei sich zu den anderen Beobachtern am Bühnenrand gesellen, verstummt die Musik bereits.

18:22 – Probebühne

»Und Sie haben nichts vergessen? Sind Sie sicher, dass es so war?«

Sophia nickt eifrig: »Klar, Herr Kommissar! Ich mag nicht die beste Tänzerin sein; ich hatte wohl auch nie eine ernsthafte Chance heute, aber mein Gedächtnis ist sehr gut; ich musste die

Rolle nicht erst einstudieren! Ich habe Ihnen alles erzählt, was wir Mädchen so hinter der Bühne geplaudert haben – während die da vorne tanzten, und bis zu Annegrets Sturz, heißt das.«

18:58 – Garderobe

»Und? Wie geht es Ihnen inzwischen?«

Die Ermittler haben die Garderobe gewechselt, und hier verzichtet der Kommissar auf seine übliche Verhör-Methode. Stattdessen hockt er sich auf den Hocker, und seine Kollegin stellt sich neben ihn: Denn auf dem Sessel sitzt das Opfer, und auf dem zweiten Stuhl ruht ihr einbandagierter Fuß. Auf dem Gesicht der Frau sind die Spuren eines emotionalen Zusammenbruches unübersehbar; so versucht Schmid zuerst, die Frau zu trösten: »Ich sprach eben noch mit dem Arzt: Offenbar ist also wirklich nichts gebrochen?«

»Gebrochen!?«, entsetzt sich die verhinderte Solistin noch im Nachhinein. »Da könnte ich ja gleich Verkäuferin im Supermarkt werden! Schon diese Sache jetzt ... Wenn ich Glück habe, sollte ich in zwei, drei Monaten wieder richtig trainieren können; bestenfalls dürfte ich in einem halben Jahr wieder so weit sein wie heute. Hätte ich nur besser aufgepasst ...«

Ein Schluchzer lässt sie verstummen, worauf auch die Polizistin Trost zu spenden versucht: »Den Stolperfaden konnten Sie nicht sehen; beim besten Willen nicht: Es ist durchsichtige, extra stabile Drachenschnur.«

Schluchzer bilden sie Antwort, und so übernimmt Schmid wieder: »Wie auch immer; kommen wir zur Sache. Wer könnte ihr Vortanzen sabotiert haben? Irgendeine Idee?«

Die Tänzerin sieht ihn derart überrascht an, dass sie fürs erste sogar das Schluchzen vergisst: »Sabotieren? Wieso ... Wer ...? Meinen Sie Annabella und all die anderen?«

»Interessant, dass Sie gerade Frau Cèneda namentlich nennen.«

»Annabella? Sie meinen ... Ich möchte sie nicht verdächtigen! Ja, gut, sie hat mich immer wieder schlecht gemacht, aber dass sie deswegen ... Dabei habe ich ihr immer wieder gesagt, dass sie gut sei: Sehr gut!«

»Auch besser als Sie?«

Die Frau zögert:»Wie könnte ich das sagen?«

Die Polizistin wird nun konkret:»Hat Ihre Kollegin Sie jemals bedroht? Speziell in letzter Zeit?«

Wieder Zögern:»Bedroht, nun ja ... Ja, gut, sie ist Italienerin; sie redet viel ... Aber so was dürfte sie doch bestimmt nicht ernst meinen.«

Die Ermittler blicken einander verstehend an. Schmid will fortfahren, wird aber vom eintretenden Choreographen unterbrochen:»Ich bitte um Verzeihung, aber dauert dies noch länger? Sie verstehen; die Mädchen wollen heim ... Keine Sorge, Kleines: Es wird gewiss alles gut!«

Die Tänzerin nickt schwach, und auch der Kommissar nickt:»Denke, wir sind hier fürs erste fertig; alles andere eilt wirklich nicht.«

»Da bin ich Ihnen sehr dankbar. Dabei dachte ich, wir könnten heute mal früher fertig werden, aber nein ...«

»Sie meinen, weil der Dirigent das Probestück teils schneller als üblich dirigiert hat?«

Der Choreograph blickt den Ermittler fast bewundernd an:»So ist es! Haben Sie das anhand der Aufzeichnungen bemerkt?«

»Genau. Um ehrlich zu sein: Vorher kannte ich den ›Nussknacker‹ nur aus ›Fantasia‹; den Film sah ich mal mit meinen Töchtern. Aber hier tanzen ja nun wirklich keine Giftpilze oder Disteln ...«

Dem Choreographen fehlen die Worte, während das Unfallopfer sogar glucksend auflacht.

Folgender Tag, 14:38 – Privatwohnung

»Danke, dass Sie zugesagt haben. Angesichts Ihres Zustandes ...«

»Ist schon gut; es geht schon.«

Der Kommissar blickt auf die Krücke, die an dem Sofa lehnt, auf welchem Annegret Müller ihren bandagierten Knöchel ausgestreckt hat. Sie wirkt entspannter als am Vortag, was auch an der Alltagskleidung liegen mag. Zudem sorgen der Schneefall draußen sowie der brennende Adventskranz drinnen für besinnliche Stimmung. Dennoch kommt der Ermittler gleich zur Sache: »Ich habe mich heute noch mal mit dem Tempo des Dirigenten befasst.«

»Grigoriews Dirigat? Ja, darüber hat gestern auch Sophia geklagt. Aber wieso-«

Schmid unterbricht sie; zugleich zückt er einen Notizblock: »Genau; auch Signora Cèneda und dem Choreographen fiel es auf. Der Regisseur hat die Spielzeit für das Probestück anhand seiner Aufzeichnungen abgemessen: Zuerst lag sie bei gut 10 Minuten, dann bei 9 Minuten 28 Sekunden; des weiteren bei 8:58, 8:34, 8:05, und bei Frau Cèneda sogar bei 7:32.«

Die Tänzerin ist fassungslos: »Fast drei Minuten weniger als bei der ersten Kandidatin? Und bei mir war er bestimmt noch schneller! Was wäre das für eine Chancengleichheit!? Es hieß zwar, dass er rasch weg müsse, zum nächsten Konzert, aber trotzdem ...«

»Sie haben völlig recht. Aber das wirft ein neues Licht auf den- oder diejenige, die Ihr Vortanzen sabotiert hat.«

Die Tänzerin geht darauf nicht ein; so fährt Schmid fort: »Wie erwähnt, wurde die Falle durch einen simplen, aber wirkungsvollen Zeitauslöser aktiviert. Der lief 10 bis 15 Minuten, und um sich ein Alibi zu verschaffen, wurde der Auslöser offenbar kurz vor Frau Cènedas Vortanzen gestartet. Noch eine Tänzerin früher, dafür reicht es zeitlich nicht, und während des jeweiligen Vortanzens warteten die anderen Kandidatinnen am Bühnenrand;

da wäre es aufgefallen, wenn sich eine weggeschlichen hätte. Können Sie mir folgen?«

Annegret nickt nur.

»Annabella Cènedas Vortanzen begann um 12:50; Sie selber stürzten genau 10 Minuten später. In Grigoriews jüngster Aufnahme vom ›Nussknacker‹ liegt die Länge des Probestückes bei 11 Minuten. Nun, Sie haben die CD ja da drüben auf Ihrer Anlage liegen.«

»Die brauche ich zum Üben!«

»Wie auch immer: Hätte Grigoriew normal dirigiert, hätte sich der Faden vor den letzten Sprung-Kombinationen von Frau Cèneda gespannt: Sprünge, vor denen man quer über die Bühne Anlauf nehmen muss.«

»Worauf wollen Sie hinaus?«

»Darauf, dass nicht *Ihr* Vortanzen sabotiert werden sollte, sondern das von Frau Cèneda. Und die Hauptverdächtige dafür ist deren härteste Konkurrentin.«

»Ich!? Ist das Ihr Ernst? Ich habe doch kein Motiv; es gibt ja auch keinerlei Indizien in der Richtung!«

»Meinen Sie? Sie verwenden hier an Ihrem Adventskranz offenbar die gleichen Kerzen. Darf ich fragen, wo Sie die her haben?«

»Vom Aldi; davon dürften jetzt garantiert Millionen verkauft werden! Sie meinen doch nicht etwa ... Wollen Sie mir daraus einen Strick drehen!?«

»Interessante Metapher. Von den Kerzen werden wirklich Millionen verkauft – immer in 10er Boxen! Nun, wir hatten vorgestern den zweiten Advent; an ihrem Kranz sind zwei Kerzen bereits ganz runter gebrannt; die dritte zur Hälfte; nur die vierte ist noch fast neu. Normalerweise ersetzt man herunter gebrannte Kerzen gleich durch neue.«

»Ich bin nicht dazu gekommen, okay?«

»Wirklich? In dem Fall müssten Sie noch sechs Kerzen in der Packung haben – es sei denn, sie haben eine für was anderes verwendet und die anderen fünf für Tests ... Wenn wir mal in Ihren Müll schauen, finden wir da womöglich einige Kerzenstümpfe – und verkohlte Schnur-Reste?«

Einen Moment zögert sie noch; dann blickt die Täterin Schmid trotzig an: »Annabella hätte es verdient gehabt, sich die Knochen zu brechen! Sie hat geradezu danach geschrien! Ich hatte beim Vortanzen keine Uhr um; so dachte ich, die Falle hätte nicht funktioniert. Hat sie aber ...«

Seufzend erhebt sich der Kommissar: »Frau Müller, ich nehme Sie wegen versuchter gefährlicher Körperverletzung fest. Kein Gericht der Welt wird Sie dafür in den Knast schicken, aber, wie auch immer: Weihnachten verbringen Sie jedenfalls in U-Haft.«

»Nun, heute ist zwar erst der 29. Dezember, aber wer weiß, was bis Neujahr noch geschieht. Also: Auf ein gutes neues Jahr, mein Freund!«

»Danke; das gleiche wünsche ich auch dir: Möge das nächste Jahr weniger stürmisch verlaufen als dieses! Zum Wohle!«

»Zum- Nanu, was ist das? Den Verband an deiner Hand habe ich ja noch gar nicht bemerkt.«

»Nun, ich hatte ja bis eben noch die Handschuhe an. Aber sich am heißen Punsch zu wärmen ist natürlich viel angenehmer, nicht wahr?«

»Schon, aber ... Was ist passiert?«

»Oh, ich kann mich glücklich schätzen, dass ich mit dieser Schnittwunde davon gekommen bin. Du wirst nicht glauben, was uns an den Weihnachtstagen geschehen ist – was *mir* geschehen ist.«

»Warum sollte just *ich* es just *dir* nicht glauben, mein lieber Julius? Schließlich bin *ich* es, dem so mancher mir eine überbordende, wenn nicht gar krankhafte Fantasie nachsagt. *Du* dagegen, der pflichtbewusste, stets ehrliche, ach so preußische Regierungsbeamte ...«

»*Ex*-Beamte – so wie du, mein guter Ernst.«

»Ach, über unsere Posten können wir uns im nächsten Jahr den Kopf zerbrechen. Die Kassengelder, die wir unter uns aufgeteilt haben, sollten noch ein paar Wochen reichen. Bis dann ... Nun erzähl schon, Julius!«

»Hm ... Hier?«

»Warum nicht? Bist du besorgt wegen der Soldaten dort drüben? Die stehen zwei Stände weiter und haben ohnehin schon mehr getrunken, als selbst sie vertragen dürften – und immer Champagner, wenn ich das recht sehe. Zudem dürften die noch weniger Deutsch verstehen als die gute Babuschka hier am Stand, die uns den Punsch gemixt hat. *Darauf* versteht sie sich allerdings exzellent. Zum Wohl!«

»Zum Wohl! Nun, du hast gewiss recht: Hier auf dem Weihnachtsmarkt ist es so friedlich wie jedes Jahr, trotz allem. Aber wo anfangen ... Du weißt ja, dass unsere Älteste nun verlobt ist, nicht wahr?«

»Ja, das erwähntest du am letzten Adventssonntag. Mit einem Herrn ... Ach, ich kann mir diese polnischen Namen nicht merken!«

»Nun, eigentlich ist der Name litauisch, aber sei's drum. Johanna, meine bessere Hälfte, ist nicht allzu glücklich, aber angesichts der Tatsache, dass ich meine Position nach dem Regimewechsel ebenso verloren habe wie du ... Und Luise dürfte ihn wirklich lieben.«

»Das ist die Hauptsache.«

»So ist es. Aber ganz gewiss hat sie auch der Verlobungsring nicht unbeeindruckt gelassen.«

»Ja, sie zeigte ihn auch mir schon. Wunderschön; einer Prinzessin würdig!«

»Nun, in diesen Zeiten, da kommt man zu günstigen Preisen an prächtige Preziosen aus zweiter Hand. Dennoch: Der Diamant ist echt; wozu bin ich schließlich der Sohn eines Juweliers! Da ist es auch verständlich, wenn Luise sich ein wenig stolz und eitel zeigt.«

»Meine Güte, mit Neunzehn ... Sie wird eine wunderbare Braut sein, wenn- Was ist denn? Was hast du, mein Freund? Sagte ich etwas Falsches?«

»Ach, wenn du wüsstest, was am Weihnachtsabend geschehen ist!«

»Was denn? So erzähl endlich!«

»Nun, trotz allem gelang es Johanna und mir, alles zu organisieren, was zu einem Weihnachtsfest gehört: Einen Baum samt Schmuck, einen Braten, selbst Geschenke für Fritz und Marie ...«

»Ah ja, sie sind jetzt ... Zehn und Sieben, richtig? Was gibt es da Schöneres als den Weihnachtsabend? Aber ich nehme an, auch Luise ging nicht leer aus?«

»Natürlich nicht: Sie bekam ein neues Kleid. Herrlich, sage ich dir: In Purpur, mit Spitzen und doch nach der neuesten Mode ... Seit sie verlobt ist, da ist sie viel mehr Dame als früher.«

»Hat sie also nicht mehr die Mäuse auf ihrem Zimmer, die ihr einst jene Zigeunerin verkauft hat?«

»Wunderlich, dass du die erwähnst. Oh doch, die schon. Das heißt, sie *hatte* sie, alle sieben Mäuschen: Charlotte, Friederike, Wilhelm, Anton, Ferdinand, Sophie – und natürlich Louis.«

»Ah ja, Louis Le Grand; ich erinnere mich. Welch ein gelehriges Mäuschen – und welch eine geduldige Lehrerin! All die Kunststücke, die Luise ihrem Louis beigebracht hat ...«

»In der Tat. Zuletzt meinte sie gar, sie habe ihn gelehrt, die Marseillaise zu fiepen.«

»Sie ›meinte‹?«

»Nun, mit etwas Fantasie ... Aber ... Wo war ich?«

»Du sagtest, sie *hatte* sie auf ihrem Zimmer. Was ist geschehen?«

»Nun ja ... Wir waren so leichtsinnig, die Kerzen am Baum zu entzünden, ohne die Vorhänge vorzuziehen. Und kaum hatte die Bescherung begonnen, da passierte es: Ein Trupp Soldaten drang in die Wohnung ein, ein halbes Dutzend, alle schon lallend, so dass man sie noch weniger verstand als sonst; mancher hatte schon Probleme, sich aufrecht zu halten. Aber es reichte noch, um die Tür einzuschlagen, die Küche zu plündern und alle Zimmer zu durchwühlen – alles mit aufgepflanztem Bajonett!«

»Mein Gott! Und dabei ist das-«

»Das an meiner Hand? Nein, das kam später. Trotzdem, wir können uns glücklich schätzen, dass sie nur unsere Matratzen aufgeschlitzt haben – und nicht uns. Es geht ja das Gerücht um, dass manche Bürger ihr Erspartes tatsächlich in den Matratzen verstecken. Nun, da war bei uns nichts zu holen! So begnügten sie sich mit dem Braten, dem Kuchen, allerlei anderen Leckereien, dem bescheidenen Schmuck meiner Gattin, zwei Kerzenständern – ohnehin nur versilbert – und natürlich den Nüssen.«

»Nüsse?«

»Ja; ein ganzer Sack Walnüsse. Du glaubst nicht, wie schwer die aufzutreiben waren! Die ersten davon haben sie noch in der Wohnung geknackt – mittels meiner Büste vom Alten Fritz!«

»Manchen ist nichts heilig.«

»So ist es. Ein anderer knackte sie in der bloßen Hand; ein dritter gar mit den Zähnen – fürwahr ein menschlicher Nussknacker!«

»Hatte er derart mächtige Kinnbacken?«

»Ja, das auch. Aber sogar seine Uniform gemahnte mich an den Nussknacker, den mir einst mein Vater geschenkt hatte. Wer weiß, wo der nun ist ... Wie auch immer: Die Männer waren schon dabei, voll beladen hinaus zu torkeln, da kam einer aus dem Trupp – wohl ein Sergent und der Anführer – an Luise vorbei, die starr vor Schreck in der Ecke stand. Ich fürchtete schon das Schlimmste, aber sein Blick war nur auf ihren Ring gefallen.«

»Den Verlobungsring?«

»Ja; leider trug sie ihn. Nun, der Sergent ergriff sie, und ehe sie auch nur schreien konnte, hatte er ihr den Ring vom Finger gerissen, stieß sie brutal zurück und schob sich selbst das Schmuckstück an den kleinen Finger – sehr zum Amüsement seiner Kameraden.«

»Was für eine Diebesbande.«

»So ist es. Nun, wir wagten uns erst wieder zu rühren, wie sich das Gegröle draußen auf der Straße entfernte. Dann gingen wir durch die Zimmer, und wir staunten: Wir staunten, welch eine Verwüstung sechs Mann in einer knappen Viertelstunde anrichten können.«

»Tja, ihresgleichen hat nicht umsonst halb Europa erobert.«

»Wie wahr. Erst Luise bemerkte schließlich, dass auch die Mäuse fort waren – alle sieben.«

»Geflohen?«

»Eher nicht; ihr Käfig war noch heil, aber offen. Offenbar hat einer der Soldaten sie mitgenommen – wozu auch immer.«

»Vielleicht als Imbiss? Wer weiß, was dort alles aufs Menu kommt? Die Versorgung der Armee soll auch nicht mehr die Beste sein.«

»Mag sein; aber wenn man bedenkt, dass sie allein aus unserer Küche zwei Gänse mitgehen ließen, die eine schon gebraten ... Wie auch immer: An dem Abend war das die Geringste unserer Sorgen – selbst für Luise; der Ring und das ruinierte Fest grämten sie mehr. Im übrigen hatten wir genug damit zu tun, halbwegs für Ordnung zu sorgen, die Tür wieder zu richten, Marie und Fritz zu beruhigen ... Vor allem Marie war geradezu starr vor Schreck. Wir saßen den Rest der Nacht über beisammen in der ›guten Stube‹, nur beim Licht von drei, vier Kerzen, die wir zwischen einige Tannenzweige auf dem Tisch steckten; der Baum war ja nur noch Kleinholz. Zwischendurch dämmerten wir weg, um dann immer wieder hochzuschrecken, teils, weil einer von uns im Schlaf aufschrie, teils, weil draußen schwere Schritte auf dem Pflaster zu hören waren ... Es war die schlimmste Heilige Nacht in unserem Leben!«

»Das glaube ich gerne.«

»Aber irgendwann ward es dann still draußen, und wir bekamen doch noch etwas Schlaf. Erst in der Frühe merkten wir, was der Grund für die Stille Nacht war: Es hatte begonnen zu schneien, und am Morgen dämmte bereits eine geschlossene Schneedecke den Lärm der Stadt.«

»Ja, ich erinnere mich: Es begann gegen Mitternacht zu flocken – und hörte für den ganzen Christtag nicht mehr auf.«

»So war es. Das verschaffte uns eine Atempause. Der Stefanitag war dann ja ein Wintertag, wie man ihn sich schöner nicht denken kann: Ein wolkenloser Himmel und überall kniehoher Schnee, der in der Sonne funkelte wie Diamantstaub. Wie gern wäre ich mit Marie und Fritz rodeln gegangen, am Flussufer oder im Park! Aber die beiden wagten sich immer noch nicht raus: Denn kaum hatte der Schneefall aufgehört, da begannen Trupps aus fünf oder sechs Soldaten, die Plätze und Gassen zu räumen. Ordnung muss halt sein; da sind sie ebenfalls sehr preußisch.«

»So waren sie zumindest beschäftigt.«

»So ist es. Das endete aber mit Sonnenuntergang: Die Wege waren frei oder zumindest glattgetrampelt; die Soldaten begannen wieder, die Schenken zu frequentieren und grölend durch die Gassen zu ziehen. Marie und Fritz hockten in ihren Zimmern und hielten sich die Ohren zu, und Johanna versuchte sie zu beruhigen. Luise kehrte unterdessen die letzten Reste des Tannenbaumes zusammen, während ich die größeren Teile im Kamin verfeuerte. So bekam ich nicht mit, wie Luise ihre Arbeit unterbrach, an das Fenster trat und vorsichtig hinaus spähte. Dann aber stürzte sie an mich heran und rüttelte mich an der Schulter: »Papa, Papa: Da draußen ist Louis!«

Ich begriff nicht gleich: »Wovon redest du, Kind?«

»Meine Mäuse; sie müssen da draußen sein: Ich hörte Louis fiepen.«

»Kind, es wird gewiss viele Tausend Mäuse in Warschau geben!«

»Mäuse, die die Marseillaise pfeifen können? Hör selbst!«

Sie zog mich ans Fenster. Alles was ich erspähen konnte, das waren die Schemen von fünf oder sechs Männern, die im Schein zweier Fackeln davon schwankten: Offensichtlich Soldaten, Grenadiere, unverkennbar dank ihrer hohen Mützen. Was ich hörte, war die Marseillaise – gegrölt von heiseren Männerkehlen, aber dennoch unverkennbar. »Bist du sicher, Luise?«

»Natürlich bin ich sicher, Vater: Hörst du; die Männer singen ihm nach!«

»Kind, sie kannten die Weise gewiss schon vorher.«

»Aber-«

»Beruhige dich, Luise: Geh du zu Mutter und den Kleinen rauf! Ich werde raus schauen und sehen, ob ich etwas in Erfahrung bringen kann.«

»Allein?«

»Sei unbesorgt; ich sehe mich vor. Wenn er da draußen ist, dann werde ich Louis finden – und vielleicht auch deinen Ring!«

Da widersprach Luise nicht weiter. So ging sie rauf zu den anderen; ich warf mir meinen dunkelsten Wintermantel über und schlich mich nach draußen.

Ich hätte mir die Vorsicht sparen können: Wie du wohl weißt, war es eine klirrend kalte Nacht.«

»Sicher die kälteste bisher in diesem Winter.«

»Ja, und so war kaum jemand unterwegs. Es war bitterkalt, finster – und totenstill. So still habe ich Warschau noch nie erlebt. So still, dass ich etwas hörte, was ich sonst sicher überhört hätte: Ein leises Fiepen, ein sachtes Trippeln auf dem Schnee sowie ein dezentes Knacken.«

»Luises Mäuse?«

»Nicht ganz: Es waren Ratten. Wohl ein halbes Dutzend von ihnen bildete meine einzige Gesellschaft auf der Gasse. Sie kümmerten sich wenig um mich; wohinter sie stattdessen her waren, erkannte ich erst, als sich meine Augen an das Zwielicht gewöhnt hatten: Es waren Walnüsse, eine Spur aus Schalen und Bröseln von Walnüssen, die auf der verschneiten Gasse selbst für mich leicht auszumachen war – und erst recht für die Ratten. Sie nagten die Reste ab und folgten der Spur – in der gleichen Richtung, in der die Soldaten verschwunden waren. Offenbar waren die noch immer dabei, die Nüsse zu verspeisen, die sie zwei Nächte zuvor geraubt hatten.

Es muss ein seltsames Bild abgegeben haben, wie ich den Ratten nacheilte: Sie waren flink, und auf vier Pfoten läuft es sich auf dem Schnee doch besser denn auf zwei Beinen und in abgetragenen Stiefeln.

Schließlich verlor ich die Nager in einer Gasse doch aus dem Blick, aber da bedurfte ich ihrer Leitung auch nicht mehr: Ich konnte die Soldaten hören. Ich schlich mich an, und da sah ich, dass der Trupp sich auf dem Kanonenplatz gelagert hatte: Dort brannte in einem Eisenkorb ein Feuer; darüber röstete an einem Spieß ein Tier, vielleicht ein Lamm, vielleicht auch ein Hund; wer weiß. Um das Feuer herum stand ein halbes Dutzend Soldaten: dieselben, die unser Heim verwüstet hatten.«

»Bist du sicher?«

»Oh ja. Ein Sergent und fünf Grenadiere: Der erste hatte einen riesigen roten Schnurrbart, der zweite eine Augenklappe, der dritte einen Vollbart, der jedem Popen zur Ehre gereicht hätte, dem Vierten fehlte ein halbes Ohr. Und der ›Nussknacker‹ hatte eben jenen Sack Nüsse im Arm, den ich eine Woche vorher für teures Geld erstanden hatte. Ab und an holte er eine Nuss hervor, knackte sie mit den Zähnen, spuckte die Schalen aus und verspeiste den Kern. Einige Male warf er auch seinen Kameraden eine Nuss zu, aber die waren zumeist mit etwas anderem beschäftigt: Sie betrachteten irgendetwas, was auf der Lafette einer der Kanonen saß. Ehe ich sehen konnte, was es war, hörte ich es: Ich hörte, wie die Marseillaise gefiept ward.«

»Louis?«

»Wer sonst? Luise hatte schon recht; wie viele Mäuse konnten das – selbst wenn er nicht jeden Ton traf? Ich schlich mich noch etwas näher ran, bis an den Rand des Durchgangs, der auf den Platz führt. Ich war nur gut fünf Schritt entfernt, stand aber im Schatten; so bemerkte man mich nicht. Dafür konnte ich im

Feuerschein die Maus erkennen, die da auf der Lafette saß. Und nicht nur das: Ich sah auch, dass sie etwas auf dem Köpfchen trug, was da nicht hin gehörte: Ein ringförmiges Objekt mit einem funkelnden Stein an der Stirn.«

»Luises Verlobungsring!?«

»So war es! Offenbar hatten die Soldaten sich einen Spaß daraus gemacht, Louis damit zum König zu ›krönen‹, und ich staunte, wie gut der Maus die ›Krone‹ passte und wie ... Nun ja, ›hoheitsvoll‹ wäre zu viel gesagt, aber die Haltung des Tieres war angesichts der Umstände doch erstaunlich würdevoll.

Von den Soldaten kann ich dies nicht sagen: Sie riefen »Vive le Roi!«, und »Vive Louis dix-sept!«; sie müssen mitbekommen haben, wie Luise ihn nannte. Louis schien das nicht zu stören. Er ließ sich mit einer Walnuss füttern, und nachdem er sie weggeknabbert hatte, fiepte er erneut die Marseillaise. Die Soldaten nahmen übertrieben zackig Haltung an – soweit sie es noch vermochten. Der ›Nussknacker‹ aber glitt auf dem Schnee aus; er stürzte krachend auf den Rücken, und der Sack fiel zu Boden. Seine Kameraden wollten sich Ausschütten vor Lachen, wie die Nüsse über den Platz rollten – doch das währte nicht lange.«

»Was zögerst du? Erzähl weiter!«

»Nun, was dann kam ... Ich bin mir nicht sicher, was zuerst geschah. Wie auch immer: Mir schien, als würde Louis seinen ›Vortrag‹ mit einem besonders lauten Fiepen beenden, geradezu einem Pfiff, wie ich es von ihm noch nie gehört habe. Darauf schnellten von allen Seiten des Platzes her plötzlich die Ratten heran. Das heißt, nicht nur die fünf, sechs Ratten, die ich vorher gesehen hatte; die gewiss auch. Aber sie hatten Verstärkung geholt; jetzt waren es Dutzende, wenn nicht eine Hundertschaft. Wie auch immer: Der Überraschungsangriff war ein voller Erfolg. Zuerst fluchten die Soldaten nur, als die Ratten schon bei ihrer ersten Attacke sämtliche Nüsse erbeuteten. Als sie dann aber auch den Braten zu Boden warfen, ergriffen die Soldaten ihre Gewehre, die an einer anderen Kanone lehnten, und begannen einen Gegenangriff – wieder mit aufgepflanztem Bajonett, versteht sich.«

»Aber sie waren in der Unterzahl?«

»Nicht nur das: Sie waren kaum auf Posten, und der Gegner hatte Schlachtfeld wie Zeitpunkt gut gewählt! Die Ratten-Armee begnügte sich nicht damit, Beute zu machen: Nein, sie attackierte jeden Mann einzeln, kletterte an ihnen rauf, biss sich an ihnen fest und zerkratzte ihnen Gesicht und Hände.

Da mochte auch ich nicht zurückstehen: Ich sprang aus der Deckung hervor, und ehe ich noch lange darüber nachdenken konnte, was ich da tat, eilte ich auf die Soldaten zu. Von hinten, wie ich gestehen muss.«

»Nun, du warst ja nicht bewaffnet, nicht wahr? Außerdem: Falls sie dich wiedererkannt hätten ...«

»So ist es. Und damit es auch nicht dazu kam, griff ich den Grenadieren an ihre lächerlichen Bärenfell-Mützen und drückte sie ihnen so tief runter, dass sie nichts mehr sehen konnten – einem nach dem anderen. Dann rettete ich Louis, der all dem seelenruhig zugeschaut hatte. Ich hielt ihn vorsichtig in der Hand, während ich gleichzeitig den Soldaten auswich: Zwar war ihnen nun die Sicht genommen, aber drei von ihnen standen noch, versuchten sich der Ratten zu erwehren, die an ihnen herumkletterten, und schwenkten ihre Bajonette und Säbel wortwörtlich blindwütig und gotteslästerlich fluchend hin und her.«

»Das klingt gefährlich.«

»Das war es auch – doch wirkte es andererseits auch grotesk, geradezu komödiantisch: Wie sie so hilflos, so unbeholfen daher zappelten und wackelten, wirkten sie eher wie ... Ja, wie Marionetten, wie Hampelmänner. Wobei mir wieder als erstes der Nussknacker in den Sinn kam.«

»Wegen der Nüsse?«

»Das auch – aber eher wegen des Aussehens, wegen der zu tief sitzenden Mützen. Ich konnte nicht anders; ich musste einfach lachen. Leider wurde der Sergent dadurch erst auf mich aufmerksam, und prompt schwang er Bajonett und Säbel in meine Richtung. Das Bajonett konnte ich gerade noch abwehren-«

»Daher die Wunde?«

»So ist es. Der Säbel andererseits verfehlte zwar meine Rechte – doch nicht Louis, den ich in der Hand hielt. Ehe er ein letztes Mal fiepen konnte, wurde ihm das Köpfchen abgetrennt, und es fiel samt ›Krone‹ zu Boden.«

»Er wurde guillotiniert!?«

»Wenn man so will. Das ernüchterte mich sofort: Ich hob den Kopf auf und machte mich davon – und das gerade noch rechtzeitig: Denn das Getöse lockte nun erste Schaulustige an, Passanten, Nachbarn, aber auch zwei Mann der Warschauer Stadtwache.

So vermochte ich gerade noch rechtzeitig zu fliehen. Den armen Louis verscharrte ich unterwegs neben dem Dom unter einem Stein – nicht ohne ihm die ›Krone‹, will sagen, den Ring abzunehmen. Mit dem erreichte ich dann wohlbehalten unsere Wohnung, wo mich Johanna und die Kinder erleichtert begrüßten; schließlich begann es schon zu tagen.

Natürlich erzählte ich ihnen nicht die ganze Wahrheit; ich wollte ja nicht, dass sie sich noch im Nachhinein um mich sorgten: Stattdessen behauptete ich, dass die Grenadiere unterwegs betrunken eingeschlafen seien; so hätte ich ihnen den Ring abnehmen können. Von den Mäusen hätte ich freilich keine Spur mehr gefunden, aber eine Spur von Nussschalen führe in den Park ...«

»Haben sie das geglaubt?«

»Nun, sie haben nicht lange nachgefragt – selbst Luise nicht, nachdem ich ihr den Ring gab.«

»So steht der Hochzeit nichts mehr im Weg? Wann soll es denn so weit sein?«

»Oh, so rasch als möglich im neuen Jahr. In diesen Zeiten ...
Da dürften sie alle auch dieses Abenteuer bald vergessen.«

»Umso dankbarer bin ich für dein Vertrauen, es gerade mir
zu erzählen. Danke, Freund Julius.«

»Nun, wir wissen ja alle, dass du ein Faible für skurrile, fan-
tastische Geschichten hast, Ernst. Aber zum Opern-Libretto taugt
dieses Erlebnis wohl weniger?«

»Hm ... Ratten, Mäuse samt Mäuse-König, Grenadiere der
Grande Armée, die zu Nussknackern werden ... Das ist wohl eher
Stoff für ein Märchen. Vielleicht auch für ein Ballett? Wir werden
sehen; falls sich kein Kapellmeister-Posten findet ...«

»Nun, es würde mich freuen, wenn zumindest einer etwas
davon hat! Ich kann nur hoffen, dass das nächste Jahr friedlicher
beginnt, als dieses endete.«

»Nun denn: Nochmals auf ein friedliches Jahr 1807!«

»So sei es: Zum Wohle!«

An meinen Nussknacker
will ich nun gar nicht mehr denken,
da ich selbst eingestehe, dass ein gewisser
unverzeihlicher Übermut darin herrscht,
und ich zu sehr an die erwachsenen Leute
und ihre Taten gedacht.
(E.T.A. Hoffmann: Die Serapionsbrüder, Schluss Band I)

Happiness is a warm gun in your hand

»Ist das Ihr Diktiergerät, Herr Singer?«

Der Angesprochene macht große Augen, als die Polizistin besagtes Gerät auf den Tisch legt:»Ja, oh ja; ich erkenne es an dem Kratzer da zwischen den Mikrofonen. Wo haben Sie es gefunden?«

»In einem Mistkübel, nur fünfzig Meter vom Eingang Ihres Spielzeugladens weg. Daneben war ein trockener Parkplatz; mutmaßlich stand dort der Wagen der Diebin, und sie warf das Gerät vor der Flucht weg. Sie nahm sich aber noch die Zeit, die Datei zu löschen, auf der auch ihre Stimme zu hören war.«

Die Polizistin behielt den Besitzer von Gerät und Geschäft bei dieser Erklärung stets im Auge. So entgeht ihr nicht, dass er nur mäßig enttäuscht wirkt ob des vermeintlichen Rückschlags bei der Fahndung:»Verstehe, verstehe … Dann müssen Sie wohl mit meiner Beschreibung auskommen, Major Korngold. Wegen der Verkleidung könnte ich aber kaum sagen, ob es sich bei der Einbrecherin um- Wie war der Name der Verdächtigen doch gleich?«

»Hanslick, Tina Hanslick.«

»Also, ob es sich um Tina Hanslick handelte – trotz der Bilder von ihr, die Sie mir gezeigt haben. Wenn Sie allerdings ein Foto hätten, auf dem sie als Weihnachtsmann verkleidet ist – so wie letzte Nacht …«

Nun meldet sich die dritte Person am Tisch zu Wort:»Das wird's nicht brauchen, Herr Singer: Die Gesuchte mag sich mit Safes und Schweißbrennern auskennen, doch weniger mit Digitaltechnologie. Da die Datei auf dem Diktiergerät nicht überschrieben wurde, konnten die Kollegen sie wiederherstellen.«

Singer blickt den Mann zu seiner Rechten ungläubig an:»Sie meinen … Die *ganze* Aufnahme?«

»Sicher«, erklärt der Ermittler nicht ganz unstolz. »Ich habe dazu zwar einen Kollegen aus der Frühmesse heraustelefonieren müssen, aber schließlich haben wir die Chance, die beste Safeknackerin Österreichs zu schnappen; da ist Eile geboten. Soll ich, Chefin?«

»Nur zu, Leutnant Steiner!«

Darauf klappt der Polizist den Laptop auf, der auf dem Tisch wartet. Während der Player gestartet und die Datei geladen wird, wendet sich Korngold nochmals an Singer: »Steht inzwischen fest, wie viel Geld im Safe war?«

Dem Verbrechensopfer ist es merklich peinlich, dies verneinen zu müssen: »Nein; leider. Mein Buchhalter ist seit gestern bei Verwandten in Graz, und ich würde ihm ungern das Fest verderben. Es dürften einige Zehntausend Euro gewesen sein.«

Der Polizist pfeift anerkennend: »Das hat sich ja gelohnt!«

»Tja, die Tage vor Weihnachten sind im Spielzeughandel die Umsatzstärksten.«

»Und da konnten Sie sich keinen modernen Safe leisten? Ob die Versicherung zahlt-«

»Wird nicht nötig sein«, unterbricht ihn Korngold. »Diesmal erwischen wir sie! Nun?«

»Kann losgehen.«

Steiner startet den Player, und damit beginnt es aus den Lautsprechern des Computers zu pfeifen. Nach einigen Sekunden erkennt der Polizist, dass dies zur Aufnahme gehört: »Sind Sie das, der da pfeift, Herr Singer?«

Der Angesprochene reagiert mit einer verlegenen Geste: »Lässt sich nicht leugnen, fürchte ich.«

»Irgendwoher kenne ich diese Melodie ...«

Seine Kollegin kommt dem Zeugen zuvor: »›Happiness is a warm gun in your hand‹. Ein Lennon-Song. Passend ... Aber jetzt Achtung!«

Das Pfeifen endet; man hört ein Räuspern auf der Aufnahme, und dann erklingt – leicht verzerrt – Singers Stimme:»Liebe Eva: Wenn man dir von meinem Selbstmord berichtet und du diese Aufnahme hörst, so solltest du dir keine Vorwürfe machen! Obwohl du das wohl eh nicht tätest, wenn ... Aber ich will sachlich bleiben! Nein, ich erschieße mich nicht aus einer Laune heraus; auch nicht nur, weil du mir gestern untersagt hast, zum Fest unsere Tochter zu sehen. Das erste Weihnachten seit Katis Geburt ohne sie ... Trotzdem: Diese Entscheidung ist lange gereift. Wenn es natürlich auch besonders schmerzt, all den Trubel zu hören, da draußen vor meinem Laden: Fast Mitternacht, und noch immer herrscht reger Betrieb an den Glühweinständen. Eine seltsame Art, die Heilige Nacht zu verbringen, aber die Leute sind immerhin zusammen mit Freunden, Kollegen, Familie ... Und ich? Ich sitze im Büro über meinem fast leergekauften Spielzeugladen, allein, im Dunkeln, vor mir nur das Diktiergerät und Vaters alter Colt Python.

Wenn ich-«

An dieser Stelle pausiert der Polizist die Aufnahme:»Apropos: Haben Sie eigentlich eine Waffenbesitzkarte für den Colt?«

Singer ist das arg unangenehm:»Ich fürchte nein. Ehrlich gesagt, dass mein Vater den besaß, erfuhr ich erst, als ich vor gut zehn Jahren seinen Nachlass ordnete. Danach lag die Waffe bei uns daheim im Keller. Die Kugeln habe ich erst letzte Woche gekauft. Der Händler muss mich für einen Deppen gehalten haben, weil ich nicht einmal wusste, welches Kaliber-«

Hier unterbricht ihn Korngold:»First things first. Die Hintergrundgeräusche kamen also vom Weihnachtsmarkt?«

»So ist es.«

»War das der Grund dafür, dass Sie vom Einbruch nichts merkten? Immerhin, der Safe steht nur eine Tür weiter.«

»Ich hatte, ehrlich gesagt, anderes im Kopf.«

»Kann natürlich auch sein, dass der Safe zu dem Zeitpunkt schon geknackt war«, gibt Steiner zu Bedenken. »Von einem kann man wohl ausgehen: Hanslick hat gemerkt, dass Sie in Ihr Büro kamen – und ihr damit den Fluchtweg abschnitten.«

»Mutmaßlich hat sie Sie belauscht und mitbekommen, dass Sie eine Waffe dabei hatten«, ergänzt Korngold. »Und da Tina Hanslick nie bewaffnet ist-«

»Abgesehen von der cutting gun«, bemerkt Steiner grinsend.

Singer begreift nicht: »Was für eine Gun?«

»Mein Kollege meint das Schneidbrenner-Griffstück«, erklärt die Ermittlerin. »Das wird im Englischen auch als cutting gun bezeichnet.«

»Verstehe.«

»Damit gab's gestern Abend bei Ihnen immerhin eine ›warm gun‹.«

»Bleiben wir ernst!«, ermahnt die Chefin den Kollegen, wobei freilich auch sie sich ein Grinsen nicht verkneifen kann. »Und springen Sie zu der Stelle, wo es an der Tür klopft! Nehmen Sie's uns nicht übel, wenn wir uns vorerst nicht mit Ihrem geplanten Suizid befassen, Herr Singer, aber-«

»Nein, oh nein; ich bitte Sie!«

Nach kurzer Suche findet Steiner die besagte Stelle: »-möchte ich dich, Eva, noch bitten, Kati schonend- Was ist denn das jetzt?«

»Lauter!«, fordert Korngold, da man im Hintergrund ein Pochen gehört hat. Ihr Kollege dreht den Ton auf; so kann man zwar erahnen, dass sich zwei Leute unterhalten, doch der Wortlaut geht im Rauschen und im Hintergrundlärm unter.

»Das bringt nichts«, schlussfolgert Steiner. »Es ist zu weit weg.«

»Ich sagte doch schon, was geschah«, erklärt Singer. »Ein Junge – acht, höchstens zehn Jahre – stand plötzlich vor der Bürotür, meinte, der Ladeneingang war offen, er wolle noch ein Geschenk für seine Schwester kaufen, hätte aber nur fünf Euro ... Ich habe ihn runter begleitet, eine Puppe in die Hand gedrückt und hinter ihm abgeschlossen. Als ich dann hoch kam-«

»Ein strohblonder Junge?«, unterbricht ihn die Frau. »Recht groß für sein Alter?«

»So ist es. Das heißt, strohblond, ja, das stimmt. Was das Alter betrifft ... Aber woher wissen Sie das?«

»Das ist eine grobe Beschreibung von Lukas Hanslick, dem Sohn der Verdächtigen«, erklärt Steiner, während er den Ton leiser dreht. »Sein Auftritt war sicher kein Zufall.«

»Wie meinen Sie das?«

»Mutmaßlich hat ihn seine Mutter angerufen«, meint die Ermittlerin. »Oder er stand draußen Schmiere. Wie hätte er sonst so schnell da sein können? Und überhaupt: Ein halbwüchsiger Bub, der mitten in der Heiligen Nacht noch shoppen will!? Kam Ihnen das nicht seltsam vor?«

»Jetzt wo Sie es sagen ... Wie gesagt, ich hatte anderes im Kopf.«

»Schon klar. Jedenfalls verschaffte er so seiner Mutter die Chance- Aber es geht weiter. Da; an der Stelle hat Hanslick das Diktiergerät eingesteckt, aber noch nicht gestoppt; somit klingt alles etwas gedämpft. Lauter!«

Da man auf dem Mitschnitt nun Schritte hört, dreht Steiner den Ton wieder rauf. Gleich darauf meldet sich Singers Stimme auf der Aufnahme: »Was ... Wer sind Sie? Was tun Sie hier?«

Die Antwort ist ein kaum verständliches Gemurmel: »Lassen Sie sich nicht stören; ich bin schon weg!«

»Wie ... Was schleppen Sie da weg? Sie ... Einbrecher! Halt; stopp!«

An der Stelle pausiert Steiner die Aufnahme: »Da hatten Sie also Ihre Waffe ergriffen?«

»So ist es«, bestätigt Singer. »Das sagte ich ja auch schon in der ersten Einvernahme. Aber was ich noch immer nicht verstehe:

Warum hat die Frau zwar das Diktiergerät gefladert, aber nicht den Colt?«

»Hanslicks Gatte – Lukas' Vater – wurde vor Jahren erschossen. Sie dürfte für Schusswaffen nichts übrig haben.«

Korngolds Kollege relativiert dies: »Vorausgesetzt, dass sie das wirklich war. Sicher, der Tiroler Dialekt passt, aber die Stimme klingt doch recht seltsam.«

Singer nickt eifrig: »Wegen dem Bart. Dass es eine Frau war ... Nun, bei dem Slim-Fit-Santa-Claus-Kostüm war dies selbst im Halbdunkel unübersehbar. Aber sonst ... Es ging so schnell; sie eilte zur Tür, auf dem Rücken ein prall gefüllter Jutesack-«

»Mit dem Schneidbrenner und der Beute drin«, mutmaßt Korngold. »Perfekte Tarnung für die Heilige Nacht!«

»Mag sein. Was rief ich ihr doch gleich nach ...«

»Mal hören!«

Damit startet Steiner die Aufnahme wieder, und gleich ertönt Singers Stimme: »Ich schieße!«

Doch man hört es nur mehrmals Klicken. Der Polizist kann sich ein Schmunzeln nicht verkneifen: »Sie haben nicht gemerkt, dass sie den Hahn von Ihrer Waffe abgeschweißt hat?«

»Erst als ich mir den Daumen an dem heißen Stumpf verbrannte«, erklärt Singer, wobei er sich den verpflasterten rechten Daumen reibt. »War eher eine hot denn eine warm gun ... Das hat mich so irritiert, da kam ich überhaupt nicht auf die Idee, die Frau zu verfolgen. Als ich endlich 133 anrufen wollte, da merkte ich, dass die Frau mit ihrem Schneidbrenner auch mein Handy bearbeitet hat. Selbst das Telefon unten im Laden hat sie sabotiert.«

»Ja, gründlich ist sie«, bestätigt das die Polizistin. »Nun, ich denke- Ja? Was gibt's?«

Letzteres gilt einem Uniformierten, der nach kurzem Klopfen den Raum betreten hat: »Entschuldigung, Kollegen: Aber hier ist eine Frau Singer. Sie meint, ihr Gatte sei überfallen worden; sie erreiche ihn nirgends. Singer, ist das nicht ihr Fall, Major Korngold?«

Vor der Angesprochenen reagiert der Geschäftsmann: »Eva? Eva Singer? Meine Frau ist hier?«

»Ja, das ist der Name. Eva und Katharina Singer.«

»Kati? Unsere Tochter auch!?«

Der Mann springt auf, und ehe irgendwer reagieren kann, schiebt eine Frau mit der Rechten den Uniformierten zur Seite; mit der Linken drückt sie ein sechsjähriges Mädchen an sich, mit dem zusammen sie in den Raum eindringt: »Ernst! Ernst, geht es dir gut? Es hieß, da war eine Schießerei im Geschäft?«

»Eva, Kati: Bin ich froh, euch zu sehen!«

Die Kleinfamilie fällt einander in die Arme. »Hat man dich ausgeraubt, Papa?«, fragt schließlich die Tochter. »So wie im Film?«

Der Vater kann nur mit Mühe antworten: »Ach, ich hab noch mal Glück gehabt.«

»Ich hätte dich beschützt, Papa!«

Korngolds Hand reflext in Richtung ihres leeren Schulterhalfters, sobald sie sieht, was das Mädchen aus der Tasche zieht: Eine Waffe, die sie auf den Kopf ihres Vaters richtet: »Peng, Peng!«

»Kati, was-«

Der Ladeninhaber ist der letzte im Raum, der begreift, dass die warme Flüssigkeit, die ihm übers Gesicht rinnt, nur Wasser ist.

»Wieso hast du denn das Teil mit!?«, ruft die Mutter, als sie dem lachenden Mädchen die Wasserpistole entwindet. »Tut mir so leid; ein Geschenk ihres Opas ...«

»Sieht ziemlich echt aus, so auf den ersten Blick«, befindet Korngold. Gleichzeitig zückt sie statt ihrer Waffe ein Papiertaschentuch, um es Singer zu reichen. Auch Steiner ist sichtlich erblasst: »Also, das langt mir heute an warm guns.«

Die Ermittler sind nun umso eher bereit, ihren Zeugen rasch gehen zu lassen. Am Ausgang des Kommissariats – Vater und Tochter sind einige Schritt voraus – wendet sich die Polizistin an Eva Singer: »Woher wussten Sie eigentlich, dass Ihr Mann hier ist?«

Diese Frage verwundert die Frau: »Haben nicht Sie mich angerufen!?«

Dass es daraufhin kurz zuckt in Korngolds Gesicht, bemerkt nur ihr Kollege: »Sie meinen, wegen des Tirolerischen Zungenschlags des Majors? Nein, das war eine Kollegin – aus der gleichen Gegend, aber mit etwas tieferer Stimme. Nicht wahr?«

»Ah ja; so war's wohl. Nun, vielen Dank! Ernst und ich, wir ... Die letzte Zeit ... Aber *so* etwas ... Ach, was soll's! Happy Christmas!«

Damit verabschiedet sich die Familie. Die Polizisten schauen ihnen noch nach, wie sie in den Wagen steigen. Obwohl die Singers außer Hörweite sind, flüstert Korngold, als sie sich an ihren Kollegen wendet: »Wohl Lennon-Fans, die Singers. Stimmt schon; happiness can't buy you money – oder weswegen hat die Hanslick Frau Singer alarmiert?«

Steiner zuckt mit den Schultern: »Netter Zug jedenfalls – wenn auch arg leichtsinnig. Soll ich mich um die Verbindungsdaten kümmern? So könnten wir sie kriegen!«

Korngold antwortet erst, als der Wagen der Singers vom Hof fährt: »Gib ihr Zeit – bis Jänner! Vielleicht fasst sie ja ein paar Neujahrs-Vorsätze ...«

Literaturhinweise

Einige der in dieser Sammlung enthaltenen Geschichten wurden – zum Teil in anderer Form – bereits andernorts zum ersten Mal veröffentlicht:

- »Aurora Natalis« in »Alles schläft, einsam wacht«, Oldigor Verlag 2014
- »Die Sanduhr« in »Vorfreude auf Weihnachten«, Edition Paashaas 2017
- »Eisfischer« in »Winter, Weihnacht und Genuss«, Edition Paashaas 2018

Alle andere Erzählungen sind Erstveröffentlichungen.

Auf den folgenden Seiten möchte ich noch auf vier E-Books hinweisen, die jeweils ein gutes Dutzend weitere Kurzgeschichten von mir enthalten, zusammengefasst je nach Genre – wobei diese Zuordnung nicht immer ganz streng erfolgt.

Olaf Lahayne

HALTET DEN DIEB!

13 diebische Kurzgeschichten

Kriminalgeschichten drehen sich bevorzugt um Mord und Totschlag – aber was könnte langweiliger sein als etwas so Endgültiges wie Mord? Was könnte destruktiver sein, als jemandem das Leben zu nehmen? Ihm dagegen sein Eigentum zu nehmen, das ist eine Herausforderung!

Die Sammlung enthält 13 Kurzgeschichten um Diebstähle: Diebstähle aus Gegenwart, Vergangenheit und Zukunft, spannend bis kurios, humorvoll bis satirisch, märchenhaft bis politisch. Geklaut werden Gut, Geld und Gold, aber auch Daten, Autos, Weihnachtsbäume, Fische – und eine ganze Welt!

Einige Texte wurden bereits in Anthologien und Zeitschriften veröffentlicht; die übrigen sind Erstveröffentlichungen. Die ersten drei Geschichten sind unter dem gleichen Titel gesondert als Gratis-Leseprobe erhältlich.

(4., ergänzte Auflage 2018)

Olaf Lahayne

ERZÄHL KEINE MÄRCHEN!

12 mehr-oder-minder-Märchen

Diese Anthologie enthält 12 Märchen, die dieses Genre in all seiner Vielfalt ausloten: Märchen aus Orient und Okzident, sentimental bis satirisch, spannend bis beschaulich, legendär bis aktuell, mystisch bis kriminell, magisch bis realistisch, klassisch bis modern, inspiriert u.a. von Grimm, Andersen und Scheherazade. Klassische Märchen-Muster werden mal mehr, mal minder bedient, aber immer sollte es im besten Sinne märchen-haft zugehen. So treten Drachen auf, Froschkönige, Helden, Hexen, Schwäne, Räuber, Kalifen, Könige ...

Einige Texte wurden bereits in Anthologien und Zeitschriften veröffentlicht; die übrigen sind Erstveröffentlichungen. Die ersten drei Geschichten sind unter dem gleichen Titel gesondert als Gratis-Leseprobe erhältlich.

Olaf Lahayne

WIE GEISTREICH!

12 unheimliche Erzählungen

Diese Anthologie enthält ein Dutzend unheimliche Erzählungen, teils todernst, teils ironisch, angesiedelt zwischen subtiler Schauergeschichte über (Drogen-)Visionen bis hin zum blutigen Horror, inspiriert von Hoffmann, Poe, Bierce, Gogol und anderen. Es treten auf: Diverse Geister und Erscheinungen, lebende Tote, ein Drache, eine Mumie, ein Selbstmord-Attentäter, allerlei Krabbelgetier sowie diverses Personal ...

Einige Texte wurden bereits in Anthologien und Zeitschriften veröffentlicht; die übrigen sind Erstveröffentlichungen. Die ersten drei Geschichten sind unter dem gleichen Titel gesondert als Gratis-Leseprobe erhältlich.

Olaf Lahayne

NO FUTURE!

12 Science-Fiction-Stories

Diese Anthologie enthält ein Dutzend Science-Fiction-Erzählungen, teils utopisch, teils dystopisch, angesiedelt zwischen sehr naher und sehr ferner Zukunft - und in einem Fall in der Vergangenheit. Mit dabei sind natürlich die üblichen Verdächtigen (Aliens, Astronauten und Zeitreisende), doch auch Menschen wie Du und Ich, die sich mit manchmal etwas zweifelhaften Errungenschaften von Technik und Gesellschaft herumschlagen dürfen ...

Neun Texte wurden bereits in Anthologien und Zeitschriften veröffentlicht; drei sind Erstveröffentlichungen. Die ersten drei Geschichten sind unter dem gleichen Titel gesondert als Gratis-Leseprobe erhältlich.

»Relokation« wurde 2018 für den Deutschen Science-Fiction-Preis als beste Kurzgeschichte nominiert.